正義の天秤

毒樹の果実

大門剛明

角川文庫
23541

目次

師団坂法律事務所ルーム1

◆在籍弁護士一覧

鷹野和也…元医師という異色の経歴。切れ者でメンバーを引っ張る。

佐伯芽依…事務所の創設者であった名弁護士の娘。真面目な努力家。

杉村徹平…ニートから転身を遂げた若手。要領がよく憎めないキャラ。

桐生雪彦…容姿端麗、頭脳明晰な元裁判官。クールだが正義感が強い。

梅津清十郎…六十代のベテラン。刑事をやめ、弁護士になった人情派。

第一話　毒樹の果実

1

賛美歌が聞こえ、佐伯芽依《さえきめい》は顔を上げる。

坂の上にある教会からだ。

いつもはママさんコーラスなのに、珍しく混声合唱。芽依はメロディーを口ずさみながら、裏庭の木を見上げる。まん丸い形の梅の実が、今年もまた実っている。まだ固そうだが収穫はいつだろうか。教会でもらえる梅シロップが、亡くなった父も大好きだった。忙しくてタイミングを逃しているが、今年こそは作り方を教えてもらいたい。

いけない。もうこんな時間か。

ぎりぎりで電車に飛び乗ると、ほっと一息。せっかくいつもより少し早く家を出たのに、ぼんやりしてしまった。

勤務先は、日本有数の規模を誇る師団坂《しだんざか》法律事務所。芽依の所属するルーム1は刑事事件専門の部署だ。一癖も二癖もある優秀な弁護士たちがしのぎを削る中、父が事務所の創設者だったおかげですんなり入ることができた。いまだにお嬢様扱いされることもあるが、気にしないようにしている。

父の急死後、あっという間に月日が過ぎていった。特に秀でたところもない新米弁護士の自分が何とかやってこられたのは、ルーム1の仲間たちの助けがあったことが大きいと思っている。

「おっはようさん」

能天気な挨拶《あいさつ》をしてきたのは、杉村徹平《すぎむらてっぺい》という若手弁護士だ。出勤して早々、デスクではなく休憩コーナーへ向かう。

「やっぱ朝はコーヒーだねえ」

エッグマフィンをほおばりながら、コーヒー豆のうんちくを垂れてきた。話が長くなりそうだと思っていると、事務員に呼ばれた。

「佐伯先生、依頼ですよ。急ぎだそうです」

依頼主は二十四歳の男性。覚醒剤《かくせいざい》所持・使用の疑いで留置場にいるという。渡された資料に目を通していると、杉村が覗《のぞ》き込んできた。

「覚醒剤事案だって。最近多いね」

「泉駿介《いずみしゅんすけ》という方なんですけど、どこかで聞いたことがあるような……」

「へえ、同姓同名ってやつ？」

意味がわからなかったが、資料にあった写真を見るなり杉村はコーヒーを吹き出した。

事務員が露骨に顔を背けている。

「ちょ！　マジの泉駿介じゃん」

「有名人なんですか」

もう一度、その写真を見ながら芽依は問いかけた。

「有名だよ、超有名。ってか知らない佐伯さん、やばいよ」

ほらと言ってスマホを見せられた。話題の映画にも出ていた売り出し中の若手イケメン俳優なのだという。並んで表示されている他のキャストもよくわからず、端役のベテラン俳優だけ知っていると指さすと、杉村はため息をつく。

「その人だけ知っているっておかしいでしょ。佐伯さん、歳いくつだよ」

「だって知らないものは仕方ないじゃないですか」

言い返してから口をつぐむ。このまま無駄にしゃべり続けてしまいそうだが、急いでほしいと言われているのだった。

「じゃあ、早速接見に行ってきます」

「あっ、僕も行こうか」

杉村は慌てたようにコーヒーを飲み干す。

「一人で大丈夫ですけど」

「一緒に行くよ。いや、行かせてくれ。頼む」

そう言いながら無理やりついてきた。

「いやあ、驚いたねえ」

杉村は未《いま》だに興奮冷めやらぬ様子だ。覚醒剤事案で初犯なら執行猶予もありうる程度の案件だが、有名人だけにニュースで報道されるのは時間の問題だ。一般人が殺人事件を起こすよりも大騒ぎになるに違いない。

「僕思うんだけどさ、イケメンは厳罰に処すべきじゃないかなあ」

杉村は弁護士らしからぬことを言い始めた。

「だってそうでしょ？　僕らよりずっと恵まれているくせに犯罪に走ったってことだから、適法行為の期待可能性が高いんだよ」

不適切に法律用語を使わないで欲しいと思う。タクシーに乗ってからも、杉村の独演会がしばらく続いた。

「きっと女の子にもモテモテだったんだろうな、ちくしょー」

「そんなことよりどうやって弁護するかでしょう。ちょっと黙っててください」

落ち着いて考えることができない。やっぱり一人で来た方がよかった。

「杉村さん、着きましたよ」

タクシーを降りると、警察署に駆け込む。

身分証代わりの弁護士バッジを見せる。接見はすぐにできそうだ。

「順風満帆な人生を送ってきたイケメン君を相手に、僕が人生の先輩としてひとこと言ってやるよ」

なんだかなあと思いつつ、接見室へ向かった。

アクリル板の向こうに現れたのは、細身の若い男だった。涼やかな眼もと。陶器のようにきめの細かい肌。確かに一般人とは少し違うかもしれない。これが泉駿介という依頼人か。

「弁護士の佐伯と申します」

「あ、ああ。杉村、です」

どういうわけか杉村は緊張している。さっきまで偉そうな口を叩《たた》いていたとは思えないほどの急変ぶりだ。

「泉駿介です。先生方、何卒《なにとぞ》よろしくお願いします」

深々と頭を下げる様は、見惚《みと》れるほどきれいだった。芽依はリーガルパッドを広げる。

「どうか私たちを信頼して、何があったかを教えてください」

泉は神妙な面持ちで、はいとうなずく。

「昨晩のことです。仕事帰りにコンビニでコーヒーを買って、駐車場の車の中で休んでいたんです。そこに警官が二人やってきて、話を聞きたいと言われました。任意だし拒否したんですがオープンカーだから逃げられなくて」

「強引に話しかけられ続けたってわけですね」

「そうなんです。そうしているうちに突然、見つけたぞって警官が騒ぎ始めて」

サイドブレーキ横の収納ボックスから白い粉の入った袋、いわゆるパケが出てきたそうだ。そのまま連行され、警察署で受けた尿検査は陽性だったという。白い粉も覚醒剤で間違いなかったそうだ。ドリンクホルダーにあったコーヒーの紙コップからも検出されたらしい。

どうしようもないな。

それが正直な感想だった。初犯らしいから取調べにはできる限り素直に応じて、更生をアピール。不起訴、悪くても執行猶予に持ち込む、というところか。

「僕は、やってないんです」

「はい？」

思わぬことに、泉は犯行を否定した。杉村が横から口を挟む。

「尿検査で陽性反応が出たんですよね？」

泉はゆっくりと首を左右に振り、杉村を見た。

「おそらくあのコーヒーです」

「覚醒剤が検出された？」

「はい。話しかけられている隙に警官が入れたに違いありません。変な味がすると思いつつも、僕は飲みこんでしまった。だから陽性になったんです」

芽依は目をぱちくりさせた。

「ええと、職務質問中もコーヒーを飲み続けていたんですか」

「連れていかれるときに、気持ちを落ち着かせたくて一気に飲み干したんです」

「はあ、なるほど」

「警察にはめられたんです。覚醒剤のパケなんて、あんなものどうして僕の車にあるのか、さっぱりわからない。本当です。助けてください」

頭を抱えながら、泉は無実だと繰り返す。

「泉さん、お聞きしますが、あなたはこれまで覚醒剤を使用されたことは？」

「あるわけないじゃないですか」

泉は助けてくださいと訴えた。

覚醒剤事案において、捜査機関が違法な手段を使って問題になった例はいくつかある。

だが現状では泉の話が本当かどうかは判断がつかない。

「供述調書にサインしていませんね」

「はい。取調べでは黙秘しています」

泉の表情は誠実そのものだ。

「わかりました。無実という方向で何とかやってみます」

「よろしくお願いします」

深い礼を受けて、二人は接見室を後にした。

泉の保釈請求は認められなかった。

麻薬事案の場合なら被疑者が保釈されることは多いのだが、覚醒剤ではそうはいかない。

「どうしましょうね」

ため息混じりに芽依はつぶやく。

「はめられたって言ってるもんなあ」

杉村の顔にはどこか気楽さがある。興味本位でついてきただけなので仕方ないのかもしれないが、もう少し真剣に考えてくれてもいいのにと思う。

泉のマネージャーに報告した後、師団坂ビルへ戻る。事務所に入ると、いつものメンバーが偶然揃った。銀髪のベテラン弁護士は梅津清十郎《うめつせいじゅうろう》だ。元刑事という異色の経歴をもつ。

「ええ？　ガチの泉駿介かよ」

話をすると梅津は驚いていた。これが普通の反応のようだ。

「すげえ礼儀正しくて。僕、すっかりファンになっちまいましたよ。所属事務所がいいんですって。あそこは教育がしっかりしてるそうですから」

接見の前とは大違いだ。芽依が突っ込むと、杉村は悪びれるでもなく言った。

「育ちのいいお姫様にはわかんないかな。普段は暴虐の王だと恨んでいても、いざ謁見したら優しくされて、忠義を誓ってしまうような庶民の心理が」

話がそれていきそうなので適当に受け流し、芽依は説明していく。

「こういう状況で困っているんです。皆さんどう思われますか」

無実というのが泉の主張だ。梅津は腕組みする。

「依頼人の話は信じがたいな。だいたい警察がそこまでする意味がわからん」

「ですが実際に、混入の疑いを認めた判例はあります」

タブレットをいじりながら答えたのは、元裁判官の桐生雪彦《きりゅうゆきひこ》だ。

「取調べ中の飲み物に警察が覚醒剤を入れた。その可能性が排除できなかったんです」

「だよね。梅津さんは警察出身だから肩を持ちたいだけでしょ？　僕は泉さんを信じますよ。有名人だから狙われたのかもしれませんし」

とりあえず証拠がないか、確かめていくしかないだろう。

「これ、借りてきたドラレコのSDカードです。一緒に見てもらえませんか」

さっそくパソコンで再生する。

「いい車に乗ってやがる。いくらするんだ」

どうでもいいことを梅津がぼやいた。泉のドラレコは常時録画タイプで、エンジンをかけている間はずっと録画されているという。車内映像にはサイドブレーキ脇の収納ボックスもしっかり映っていた。梅津がすかさず指差す。

「この中に覚醒剤パケが入っているかが問題だ」

コンビニの駐車場に着いたのだろう。車を停めると収納ボックスの蓋《ふた》を開け、ウェットティッシュを取り出した。サングラスを拭《ふ》いている。

「ウェットティッシュの他には何も入っていないようだけど」

「確かに。そう見えます」

芽依と杉村は前のめりになった。

その後、ぷつりと映像が途切れる。エンジンを止めて、コンビニへコーヒーを買いに行ったようだ。時刻表示を見ると二分五十六秒の空白があって、映像は再開した。コーヒーを飲む泉が映っている。

しばらく泉がくつろぐ映像が続いたが、やがて誰かがやってくる。警官二人だ。

——すみません。少しよろしいですか。

丁寧な口調で、年配の警官が職務質問を始めた。

芽依たちは食い入るように彼らの様子を見つめる。年配の警官は落ち着いているが、若い方の警官は少し強引な印象だ。

——持ち物を確認させてもらえませんか。

——困ります。任意なら、僕は拒否しますよ。

泉は車を発車させようとするが、警官二人がぴたりと張り付いて阻止している。やめてくれという訴えを聞かずに警官たちが車内へ身を乗り出す。

やがて年配の警官の手が伸び、収納ボックスが開けられた。

——ん、これは……。

年配の警官は何かを取り出す。

——泉さん、これは？

——はあ、知りませんよ。

警官は白い粉の入ったパケを掲げた。その後も口論が続くが、泉はすっかり興奮している。警官たちに連れていかれるところで映像は終わっていた。

桐生が眉《まゆ》をひそめる。

「かなり強引でしたね。覚醒剤の所持・使用を確信しているかのようでした」

「もう一度、見せてくれ。今度はゆっくりめで頼む」

梅津に言われ、スローモーションで再生した。警官がパケを取り出す前後を狙って停止させる。

「もう、肝心のところが隠れて見えないよ」

杉村が大袈裟《おおげさ》に悶《もだ》えた。ちょうど警官の背に隠れて手元が見えなかった。これでは中にパケを入れたかどうかわからない。

「でもコーヒーを買う前は、ウェットティッシュしか入っていませんでしたよね」

芽依は首をひねる。

その後も何度か再生して映像を確認する。若い警官は収納ボックスに触れていない。

一方、年配の警官はパケを取り出す前に二度ほど手を触れている。

「これってさ」

杉村が映像のパケを指差す。

「警官が初めからパケを隠し持っていて、職質で揉《も》めてるどさくさに紛れて発見したように見せかけたってことじゃない？」

前後の映像から察するに、その可能性も確かにある。本当に泉の主張は正しかったのだろうか。そう思いかけたところで、桐生が釘《くぎ》を刺すように言った。

「ただ映像には三分近い空白があります。コーヒーを買いに行っていたということですが、この間に誰かから覚醒剤を入手していたとしたら？ 自分でボックスを開けてパケを入れた後にエンジンをかけたということも考えられますよね」

「だな。コーヒーへの混入疑惑も結局よくわからなかったぞ。ドリンクホルダーに置かれた状態は角度的に映ってない」

梅津も慎重な意見だ。一緒に見てもらえてよかった。

「すぐにコンビニの防犯カメラを見せてもらいます」

仲間たちと目を合わせると、芽依は大きくうなずいた。


さっそくコンビニで当時の映像を確認させてもらった。

駐車場に設置されたカメラには、肝心の運転席周辺がぎりぎり映っていない。だが店内のカメラ映像では、泉がコーヒーを買って出て行くのが確認できた。車とコンビニを往復する間、泉は誰にも会っていない。ということは、誰かから覚醒剤を受け取って収納ボックスへ入れた可能性はほぼ消えた。

泉の言うとおり、本当に違法捜査があったかもしれない。コンビニの店長に礼を言って、その足で留置場へ向かうことにする。

タクシーを降りたタイミングで、スマホに着信があった。

鷹野《たかの》和也《かずや》。

父が死んだ後、師団坂法律事務所にやってきたルーム1のシニア・パートナー。要するにボス弁からだ。

「俳優の泉駿介を担当しているそうだが。どうなっている?」

丁度いいところにかかってきた。芽依は嬉々《きき》として報告していく。

「警官二人のうち、ベテランの方がパケを置いた可能性ありです。映像を見る限り、違法捜査が疑われます」

「なるほどな。だとしたら無罪にできる」

お墨付きを得て、芽依はほっとする。だが……。

「まあ、どうなろうが気をしっかり持つことだ」

「え?」

どこか含みのある励ましを受けて、通話は切れた。

気をしっかり持つこと……微妙な言い回しが気になったが、鷹野は無罪にできると言ったのだ。そう思いなおし芽依は接見に赴く。

すぐに泉が現れた。不安そうに聞いてくる。

「ドラレコはどうでしたか」

「収穫ありです」

違法捜査の可能性が否定できないことを伝えると、端整な顔がぱあっと明るくなった。

「ええ。おっしゃるとおり、収納ボックスにパケは入っていませんでした」

映像から見て取れたことを詳しく説明していく。警官が置いたかもしれないという言葉に、泉は歓喜の声を上げた。

「ほらね、そんなもの入っていなかったんですよ。師団坂法律事務所の弁護士さんに相談して本当によかった。ひどい奴らですよ。人の車にパケを置いた上に、コーヒーに覚醒剤を混ぜるなんて」

「いえ。コーヒーに混入されたかどうかまでは、はっきりしていません」

誤解のないよう芽依は念押しする。だが泉はすっかりその気だ。

「警官が車の中にパケを置いたのなら、コーヒーに入れたのだって警官でしょう」

それはそうかもしれないが、興奮気味な泉の表情に少し違和感を覚えた。

この感じ……前にも何度かあった気がする。まだまだ弁護士としてはひよっこだが、それなりには経験を積んできた。

「佐伯先生。どうか、よろしく頼みます」

背筋を伸ばした泉は、深く頭を下げる。

芽依は立ち上がって接見を終えようとするが、心はざわついたままだ。

「あの、泉さん」

声をかけた。中腰のまま、泉はこちらを向く。

「本当ですか」

「はい？」

「正直に言ってください。嘘や隠しごとはありませんか」

「ないですよ」

泉は苦笑いした。だが目をそらした即答が、ますます怪しく思えた。

「我々弁護士は被疑者の味方です。でも誤った情報を元に弁護活動を進めてしまうと、矛盾が生じたり不利になったりすることがあります。はっきり言いますが、今の段階では違法捜査はあくまで可能性に過ぎません」

鷹野に電話で言われたことを思い出す。どうなろうが気をしっかり持て、とはどういう意味か。

「検察は甘くないんです。ドラレコとコンビニの防犯カメラ映像だけじゃ、無罪は約束できないんです」

「……そんな」

泉はまるで余命宣告でもされたような顔だった。

「天下の警察が人の車に覚醒剤を置いたんですよ。それなのに現状では無罪にできないと？」

「努力はしますが」

芽依の言葉に、泉はがっくりとうなだれて両手で顔を覆う。

「泉さん。もしもあなたが本当は覚醒剤を使っていたとしたら、すべて打ち明けてくれた方が対策が立てられるんです。無罪に持ち込める可能性ははるかに高まります」

覆った指の間から視線がのぞいた。

「無罪にできる可能性はあるというんですか」

「はい」

うなずくと、泉は顔を上げた。

「助けてください！　お願いします」

「では……」

「本当は俺、やってたんだ」

遮るように泉は吐き出す。嫌な予感は的中した。

「売れたら売れたで面倒なことが多くてさ、やってらんないんですよ。クスリは手っ取り早く現実逃避できるから、ついつい手を出すようになっちゃって。それよりどうなんですか？　無罪にできるって本当ですか」

泉はスイッチが入ったように目を吊《つ》り上げた。

「無罪っていうのは、違法捜査が認められた場合の話です」

「だったら大丈夫だ。収納ボックスから出てきたパケは全く身に覚えがない。信じてくれ」

「ええと、それじゃあ、コーヒーの紙コップから検出された覚醒剤は？」

「あれは自分で入れたんです」

さらりと出た言葉に、芽依は絶句した。

「パケが出てきたとき、やられたなって思ったんですよ。このまま尿検査されたら確実にばれるし、ポケットには錠剤が入ったままだった。だったら全部警察のせいにしちまえって、コーヒーに入れることを思いついたんです」

「………」

「処分もかねて一石二鳥だし、我ながら機転が利いてたなって」

あっけにとられて眩暈《めまい》がしそうになるが、騙《だま》されたまま弁護するよりはずっといい。

「他に言っておきたいことは、何かありますか」

しばらく考え込んでから、泉は思い出したように口を開いた。

「あえて言うなら、阿部《あべ》透真《とうま》のことかな」

「誰ですか？　それは」

「俺の同級生だよ。一緒に俳優を目指していたことがある。取調べ中、阿部についても聞かれた。今も関係があるのかって。だが今はつるんでいない」

その阿部という友人も、二年前に覚醒剤がらみで逮捕されたらしい。念のため、この人物についても調べておいた方がいいのかもしれない。

「それでどうなんだよ。俺はどうなるんだ」

泉にせっつかれ、芽依はゆっくり顔を上げる。

「執行猶予は付けられるでしょう」

「はあ？　執行猶予じゃ意味がない。無罪にしてくれ。有罪ってだけでもう十分、大ダメージになる」

泉の端整な顔はとっくに醜く崩れていた。

「頼むから助けてくれ。クスリなんて、もう絶対に手を出したりしないからさ。警察がパケを置くなんて赦《ゆる》せるかよ。俺は被害者だ」

すがるような目を向けてきた。自分の罪を棚に上げて勝手だが、言っていることの半分は共感できなくもない。

「最善を尽くしますので」

それではと言い残し、芽依は接見室を後にした。


事務所に戻ってからも、どこか上の空だった。

外に出ていた鷹野が戻ってきたようだ。シニア・パートナールームに入っていくのを見て、芽依は立ち上がる。泉の案件の資料を手に、扉をノックした。

「失礼します」

芽依の話を聞きながら、鷹野はパソコンを打ち、シリアルバーをかじっている。

「成長したな、お前も」

その言葉に、芽依は顔を上げる。

「鷹野さんは全部わかっていたんですね」

被疑者に感情移入しては騙されるという失敗を何度も繰り返した。今度こそは違うと思っても、また裏切られる。おそらく鷹野はそれを心配して、電話をかけてくれたのだろう。

「でも、収納ボックスにパケを入れられたってことだけは本当だと思うんです」

そうか、と鷹野はうなずいた。あまりにもあっさりとした態度だったので、思わず本音がこぼれる。

「鷹野さんはどう思いますか？　私は自信がないです」

「泉と直接関わっているのはお前だ。あいつの嘘に気付けたのなら、自分の感覚を信じればいい」

「そうですけど……」

「毒樹の果実」

鷹野の言葉に、ぴくりと反応する。

「お前が引っかかっているのは、そのことだろう」

芽依はつばを飲み込んだ。法律の世界に足を踏み入れた者なら誰もが知っている。だが現実には滅多にない事案だ。

「泉は覚醒剤をやっていた。しかし捜査が違法だった場合、捜査機関の罪を赦さないことが優先される」

毒樹の果実。その理論はわかっているつもりだ。

は、強制採尿令状を得て適法に行われている。だがそれ以前の捜査が違法である場合、尿検査で得られた証拠も否定される。刑罰が一般人の犯罪を抑止するために存在するなら、この理論は捜査機関の暴走を抑止するためにある。

「例外もいろいろあるが、どうするかは自分で考えろ」

「はい」

甘えすぎだと叱られてしまいそうだが、正直なところ、鷹野に決めてほしかった。覚醒剤を使用している泉と、違法捜査をしてまで逮捕しようとする警官。どちらも赦すことはできない。依頼人にとっての最善って何だろう。弁護士としての正義は？

こんがらがった思いのまま、部屋を出る。

ビルを出て電車に揺られた。

とぼとぼと自宅への道を歩いていると、教会の前を通りかかる。そういえば子どもの頃、注意されたっけ。梅の実には毒がある。そのままかじってはいけない、と。

毒樹の果実……か。

街灯に照らされている梅の実を、芽依はしばらく見上げていた。

2

泉との接見を終えて事務所に戻ると、桐生がいた。

「おつかれさまです」

ちょうど無料相談の電話を終えたところのようだ。そのまま一緒にコーヒーブレイクをする。

「佐伯さん、例の件はどうですか」

泉のことだろう。問われて芽依は、息をゆっくり吐き出す。

「長い間、天秤《てんびん》が揺れていたんです」

「天秤？　どういう意味ですか」

芽依は口元を緩める。柄にもない言い回しをしてしまった。あれから泉は覚醒剤所持・使用の罪で起訴された。案の定、世間は大騒ぎになっている。自分には鷹野のように一瞬で決断を下す能力はない。天秤の揺れが収まるまで数日を要した。

弁護方針は固まった。

泉が悪だとわかりながらも、それ以上の悪を赦さないための戦いとして彼を弁護する。無実を主張することに迷いはあったが、今は納得の上、泉と二人三脚で挑もうとしている。そんなことを話した。

「桐生さんなら、こういうときも揺れないでしょうね」

そう言うと、桐生は苦笑いする。何か言いかけた時、後ろから声がした。

「お疲れさん」

梅津だった。二人が休憩しているのを見て、仲間に入りに来たようだ。

「これ、見たか」

スマホの画面を見せてくる。

「泉駿介が逮捕されて大騒ぎになってるだろう。バッシングは当然だが、擁護する意見も結構あるんだな。おまけに警官二人がパケを仕掛けたことまで、ネットに流れている」

梅津は刑事だった頃のつてを辿《たど》って調べてくれていた。

「山本尚親《やまもとなおちか》、五十四歳。今さら何で交番勤務をしているのかわからんが、以前は組織犯罪対策課だった。長年、薬物を取り締まっていたらしい」

彼らに対する激しいバッシング記事を、桐生は痛ましげに見る。

「次第に感覚が麻痺《まひ》して、検挙のためなら何でもやるようになってしまったんでしょうか」

「さあなあ、本人に聞いてみないと……。そうだ、芽依ちゃん。直接聞きに行ってみたらどうだ」

「えっ」

芽依はマグカップをテーブルの上に置く。

「なんてね。冗談だよ、冗談」

梅津は笑うが、悪い考えではないように思えてきた。

裁判では山本にも事情を聴くことになる。簡単に違法行為を認めるはずはないが、騒ぎが大きくなるほど向こうにも都合が悪いだろう。彼なりの正義があってのことなのだろうから、話せば分かり合えるかもしれない。

「佐伯さん、またどこかへ行くんですか」

「ええ。ちょっと」

鞄《かばん》に資料を詰め込むと、芽依はルーム1を飛び出した。


向かった先は、泉が連行されたコンビニ近くの交番だった。

交番の前を、ランドセルを背負った子どもたちが集団で歩いていく。下校中のようだ。その様子を警官が見守っている。

「お巡りさん、こんにちは」

子どもたちが挨拶をしていく。どうやらあれが山本尚親だ。思ったよりも小柄で、そのまなざしは優しい。

「山本さん、こないだはお世話になりました」

お年寄りがやってきた。差し入れだろうか、お菓子を渡そうとしている。

「ありがたいんですが、受け取れない決まりなんですよ」

「まあまあ、感謝の気持ちなんですから」

「そのお気持ちだけ、いただいておきますので」

しばらくの間、お菓子の袋が行ったり来たりを繰り返していた。

ドラレコの動画に映っていた、強引な印象とはまるで違う。こうして見ていると普通の優しそうなお巡りさんでしかない。そう思っていると、山本がこちらを振り向いた。見つかってしまったか。芽依はぺこりと頭を下げる。

「どうかされましたか」

気遣うような笑みで、山本は近付いてきた。

「何かお困りでしたら、どうぞ遠慮なく」

「いえ、あの……」

何と言って切り出したらいいものか。だがお茶を濁したところで、法廷で相見《あいまみ》えたときに変に思われるだけだ。芽依は覚悟を決めて、顔を上げる。

「私、泉駿介さんの弁護人なんです」

「えっ」

途端に警戒の色がのぞくが、当たり前のことだ。山本さん、と芽依は語りかける。

「長年、薬物乱用者の取り締まりに尽力されたそうですね。今回の件も、あなたなりの正義で行動されたのだと思います。ですがやはり覚醒剤をわざと置くなんていうのは赦されることじゃありません」

反応がまるでないが、めげずに一気に続けた。

「今ならまだ間に合います。違法捜査があったことを認めてくださいませんか。揉めれば揉めるほど、世間の風は冷たくなります」

芽依は山本の目を見つめる。しばらくそうしていると、やれやれといった顔で山本はため息をつく。

「私が泉の車に覚醒剤を仕掛けたって、どうしてそう思うのかね」

「ドラレコの映像を見る限り、あなたがやったとしか思えないんです」

コーヒーへの覚醒剤混入は泉自身がやったと白状しているが、そのことは口が裂けても言えなかった。

「泉は覚醒剤をやっている。逮捕して何がまずい？」

「尿検査を拒否できないようにするためなら、何をやってもいいのでしょうか」

「言いがかりはやめてくれないか」

「あなたの良心にお聞きしているんです。違法捜査を認めてもらえませんか」

答えはない。代わりに睨《にら》みが返ってきた。

この表情……やはり後ろめたいことがあるのだ。警察組織にもいろいろと厄介な事情があるのかもしれないが、個人としては何を思っているのか。諦《あきら》めずに説得を続けようとする矢先、さっきのお年寄りが戻ってきた。

「山本さん、お菓子じゃなくて、うちの庭に咲いた花だったらどうかね」

「お店で売っているものじゃなくても、贈り物はだめなんですよ」

ころっと表情を変えて山本は対応する。

「交番に飾ってくださいよ。地域のみなさんに楽しんでもらうってことで」

「ううん、それならいいかなあ」

新聞紙にくるまれた花束を受け取ると、そのまま世間話が始まった。

「もういいか」

振り返りながら、山本が小声で聞いてきた。芽依は仕方なくうなずく。

いい人そうなだけに、中途半端な形で話を終えるのは残念だった。次に会うのは法廷になるだろう。そう思い、交番を後にした。


居酒屋には、いつものメンバーが集まっていた。

公判に向けての準備はできているし、泉との信頼関係も築けているように思う。ただし違法捜査を裏付ける決定的な証拠や証言が出てきたわけではない。すべては証人尋問にかかってくる。

「芽依ちゃん、ほんとに山本に会いに行ったんだってな。度胸あるなあ」

梅津がグラスにビールを注いでくれた。

山本には後ろ暗いところがある。彼の表情がそれを物語っていた。

「僕は最初からそうだと思ってたけどね。やっぱり違法捜査はあったんだ。正義のためなら何やってもいいってのは大きな間違いだよ」

拳《こぶし》を握り締める杉村に、芽依はうなずく。初めこそ悩んでいたが、これでためらいはなくなった。警察の違法捜査を赦すわけにはいかない。

「公判に向けて、不安な点はありますか」

桐生の問いに、芽依は苦笑いする。

「不安と言えば、全部そうですけど……後は気持ちの問題ですかね」

違法捜査が認められて無罪になっても、泉が覚醒剤をやっていたことに関しては未消化に終わる。

「気持ちの問題って……ひょっとして泉のこと、好きになっちゃったとか」

「はあ？　違いますよ。何言ってんですか」

おちょくる杉村を、ばしっと叩く。

「そういえば泉さんから聞いた話の中で、少し気になることがあったんですよね」

芽依は話題を変えた。

「彼の友人のことなんです。阿部透真という高校の同級生だそうで」

取調べ中、この人物について聞かれたらしい。

「泉さんと同じように俳優を目指していたけど、まるで芽が出なかったそうで」

「その阿部って人、何か問題があったの？」

杉村がビールの泡をひげのようにつけながら聞いてきた。

「はい。覚醒剤で二年前に逮捕されています。執行猶予だったそうですが、調べてみたら今年、亡くなっているんです」

芽依の言葉に、誰もが息を呑んだ。

「自宅マンションからの転落死で……事故か自殺か不明です」

「不審死ってやつか。泉と何か関係があるのか」

「いえ。取調べで聞かれた際に、そのことを知ったそうです」

泉が俳優として成功していくにつれ、気まずさもあって疎遠になったそうだ。

「覚醒剤をやっていた友人がいて、不審な死を遂げた。確かに引っかかることではあるが、あちらさんも粗捜しに必死なんだろう」

梅津の言葉に、芽依はええと応《こた》える。

注文した料理がやってきて、話は途切れた。

「がんばってよ、みんな応援してるからさ」

「はい」

悪人を弁護するんじゃない。それよりもっと大きくて普遍的な悪を糾弾する戦いなんだ。

芽依はグラスを傾けると、一気に飲み干した。

あっという間に日は流れ、公判の日がやってきた。

人だかりができていて、地裁には正面から入れそうにない。ため息をつきかけたところで、一人の男が切り込んでいくのが見えた。

「師団坂法律事務所の弁護士だ」

報道関係者がどっと押し寄せる。

「桐生先生、注目の泉駿介の公判ですが、勝算は？」

マイクを向けられた弁護士は、うつむきながら答えた。

「どうでしょう」

「やはり違法捜査を主張する方針でしょうか？　毒樹の果実論で無罪に持ち込むと噂されていますが」

髪をかき上げると、桐生に似た、それでいてよく見るとまるで違う顔がそこにあった。

「それよりも大事なことがあるでしょう」

「大事なこと、ですか」

「毒樹の果実って言葉さ、なんか中二病くさくね？」

報道関係者の顔が歪《ゆが》む。そこにいたのは七条《しちじょう》だった。

「せっかくのいいアニメ作品でもさ、中二くさいタイトルだと一気に引いちまうんだよな。ストーリー展開には影響しないってわかってるし、逆にそれがそそられるってこともあんだけどさ……」

ようやくマスコミもおかしいと気付いたようで、そそくさと離れていく。毎度ながらよくわからないが、七条がおとりになってくれたおかげでこの場を突破することができた。

無罪が認められなかったとしても、執行猶予が付く程度の事件だ。だがこれまで芽依が担当したどの事件よりも注目度は高い。傍聴席の抽選倍率は百倍を超えているという。

法廷に現れた泉は丸刈りだった。

腰縄を解かれ、椅子に着席する。逮捕前よりも頬がこけたせいで精悍《せいかん》さをさらに増していた。その真っすぐな瞳《ひとみ》には曇りが無い。

打ち合わせは十分に済ませた。これから私はこの悪人を弁護する。人定質問に続き、検察官が起訴状を朗読した。

「被告人は起訴状記載の事実を認めますか」

「いいえ、私は無実です」

その主張に、今さらのように胸が痛む。だが決してそのことに気を取られてはいけない。

ドラレコの映像をスクリーンに映す。覚醒剤パケを入れられた可能性について追及し、違法であると訴えた。私は泉が覚醒剤をやっていたことを知っている。それでも、これが正義だと信じて突き進むしかない。

検察側は違法捜査を認めることなく、徹底的に争う姿勢だ。

コーヒーから検出された覚醒剤に関しては、警官か泉自身、どちらが入れたか証明することはできない。争点となるのは覚醒剤パケだ。この一点に絞られる。

証人尋問がはじめられた。

呼ばれたのは警察官二人。山本尚親とその部下の細川到《ほそかわいたる》。車にパケを仕込んだ疑いがあるのは山本だ。証言台に歩を進めていくと、検察側からの質問に毅然《きぜん》と答えた。

「私は誓って、覚醒剤を置いてはおりません」

芽依は証言台の横まで進み、その横顔に語りかけた。

「ではお聞きします。証人は地域課に配属される前はどこにいましたか」

「組織犯罪対策課です」

「担当業務は何でしょう」

「覚醒剤や麻薬などの薬物事犯を取り締まっていました」

「証人はどのような思いで薬物の捜査に携わっておられたのですか」

違法捜査もいとわないと印象付けるための問いだった。しばらく間が空いて、山本は口を開く。

「私の妻が、覚醒剤常用者の車に撥《は》ねられて死にました」

あまりにも重い言葉だった。そんな事実は初耳だ。

「恨みをぶつけようにも、その男も事故死しました。だからせめて薬物による犯罪をなくそうと志願したんです。私情を挟んでしまい、厳しい取り締まりをしたかもしれません。やりすぎて今の部署に飛ばされてしまったくらいです」

「………」

「覚醒剤なんぞやる奴は、もっと厳罰でいいと思ってます」

疑いを強めるような事実は黙っていればいいのに……。それに対して自分は泉の悪事を隠し通そうとしている。

もしかしてこれは私への問いかけだろうか。自分は誠実に答えている。だからそっちも本音でしゃべれ。本当は泉が覚醒剤をやっていることを知っているんだろう。犯罪者を野放しにしていいのか、と。

「弁護人、質問は終わりですか」

裁判長が訊《き》いてきた。

「いえ、続けます」

覚悟を決めて臨んだのだ。ここで追及の手を緩めるわけにはいかない。

「映像を見る限り、被告人がコンビニへ行く前の収納ボックスの中には何もありません。あなた方が持ち込む以外に考えられますか」

「映像には空白があるようですし、その間に被告人が自分で入れたんじゃないですか」

やがて尋問は終わった。席に戻っていく山本の後ろ姿を見ながら芽依は思う。この偽証は正義のため。彼はそう覚悟を決めたのだと。

入れ代わるように、若い警官が証言台に赴く。細川到という山本の部下だ。検察側の質問が終わり、芽依は立ち上がった。

冷静な山本とは打って変わって、細川には感情の起伏が見て取れる。そう思っていると、不意打ちのような発言が飛び出した。

「被告人は何かをポケットから取り出して、紙コップに入れていました。我々に入れられたと言い訳しているんですよ」

気付かれていたのか。はっとしたが驚きは表情には出さない。

「何か、とおっしゃいましたが、それは確かに覚醒剤だったのですか」

「はっきりとは……」

それなら問題ない。芽依は間髪容《い》れずに攻め立てた。

「確実に何かを入れたんですか」

「いえ、でもそうに違いない」

「証人は被告人が覚醒剤をコップに入れたと思ったのに、どうしてその時、彼のポケットを確認しなかったんですか？　現物が入っているかもしれないのに」

細川は言葉に詰まった。

彼の言うことは全て当たっている。だが……。

証人尋問が終わった。

「被告人は証言台の前に来てください」

続いての被告人質問は、事実関係の確認に終始した。

際立っていたのは、泉の受け答えだ。

早口にまくしたてることもなく、質問の趣旨から外れた内容を言うこともない。どんな挑発的な質問に対しても、言葉一つ一つを選ぶように丁寧に答えていく。淡々として、とても自然だった。有名俳優だということを忘れて、誰もが引き込まれている。本当のところを知っている芽依でさえ、聞きほれてしまった。

「私は無実です」

最後にそう言い切る。泉は涙一筋も流すことなく、冤罪《えんざい》に巻き込まれた悲劇のヒーローを完璧《かんぺき》に演じ切った。

「それではこれで終わります。判決は来週の十時からです」

裁判官が退出していく。

来た時と同じように泉は警察官に連れていかれる。最後に法廷に向けて、勝利を確信したように深々とお辞儀をした。

3

教会の裏庭にある梅の実が、いつの間にか全部摘み取られていた。

中へ入ってキッチンをのぞくと、テーブルの上にガラス瓶が並べられている。ちょうど今からシロップを漬けるのだろう。

「あら、芽依ちゃん」

冨野《とみの》静子《しずこ》が振り返る。エプロン姿だと牧師ではなくお母さんのようだ。

「シロップを作るの、手伝ってもいいですか」

「もちろんよ」

静子は微笑む。ようやく作り方を教われることになった。隣に立って、梅の実と氷砂糖を交互に瓶へ詰めていく。

「今朝のテレビに芽依ちゃんが映っていたわよ。すっかり有名人ね」

「いえ、そんなこと……」

泉の判決は昨日だった。

無罪。

ある程度は予想されていたが、その判決が下った。

尿検査に陽性反応が出たことについては、はっきりとした言及がない。〝令状主義の精神を潜脱するもの〟として、証拠能力なしとされたのだ。あのドラレコ映像のおかげで、違法捜査の疑いが排除できないという主張が認められた。

被疑者を逮捕するなど強制処分の際、憲法は裁判官のチェックを受けさせ、令状の発付を受けなければ許さないと定めている。捜査の行き過ぎに歯止めがかからなければ、一般人が安心して生活することができなくなってしまうからだ。

「ただね、芽依ちゃん。警官の山本さんは、薬物常用者は片っ端から逮捕すべきって人じゃないと思うわ」

芽依は目をぱちくりさせる。まるで知っている人のような言い方だった。よくよく聞いてみると、会ったことがあるというので仰天した。

「一体どこで山本さんと？」

「それがね、薬物の更生保護施設なの」

「えっ」

思わず大きな声が出た。

「少し前なんだけど、自立支援プログラムの研修に行ったときに、偶然にも同じ参加者として来ていたのよ。現役の警察官だって言っていたから、たぶん間違いないわ」

職務としてではなく一個人として来ていたらしい。

「教会にはいろんな人が来るでしょ? 私は勉強のために参加したのだけれど、山本さんはどういう事情があって来ていたのかしらね。何にしろ、薬物依存症の人に理解があることは間違いないと思うけど」

「そう、なんですか」

ぎりぎりのところで保っていた気持ちが、崩れていきそうな感覚だった。

山本は覚醒剤常用者のせいで妻を失っている。だから彼らに罰を与えるためなら手段を選ばない。そう思い込んでいた。

だが長年、薬物犯と対峙《たいじ》するうちに、ひょっとして山本は気づいたのだろうか。厳しく取り締まるだけでは薬物事件はなくならないことに。それよりも彼らの治療に力を注ぐべきではないか、と。

静子はガラス瓶の蓋を閉める。三週間くらい置いておくと完成するのだという。

「こうして漬けておくとね、梅の実から毒が消えるのよ」

芽依は、今はまだ食べられない青い実をじっと見つめる。

「静子さん、ありがとう。また来ます」

毒が消える……か。その言葉を頭の中で反芻《はんすう》しながら教会を後にした。


ラッシュの時間は過ぎていたので、電車は空《す》いていた。

一日があっという間に終わっていく。

少年事件に障碍《しょうがい》者の起こした事件、凶悪事件の犯人との接見、さらにまた薬物がらみ、芽依は疲れ切っていた。せめて精神的に充実しているなら乗り切ることができるのに、心にはぽっかりと大きな穴が開いた感じだった。

スマホを取り出し、記者会見の動画を再生する。

泉が質問に答えていて、隣に芽依も同席している。丸刈りから少しだけ髪が伸びた泉は、法廷で見せた姿と同じく誠実な印象だった。

「僕は警察の方を恨んではいません」

その瞳はどこまでも澄み切っていた。

「薬物の使用は赦されないことですし、日々それを取り締まる警察の方々への信頼は揺らぎません」

本当なら不当逮捕への怒りの記者会見でもよかったのだが、泉はあくまで謙虚だった。騒ぎになって迷惑をかけたことを、ファンに謝罪している。本当はやっているのではという声も世間にはあったが、その殊勝な態度にバッシングは下火になりつつある。

「僕は薬物を使用していません。これだけは強く訴えたいと思います」

芽依は瞬《まばた》きを忘れて、動画に見入っていた。

ここに嘘つきの悪人がいる。

そして、それを知りつつ私は彼に味方した……。

おぞましいものに蓋をするように、芽依はスマホの画面を閉じた。鞄にしまおうとして、着信に気付く。鷹野からだった。電車の扉が開いたので、とっさに降りて電話に出る。

「用というほどのことじゃないが。大丈夫か」

心配して電話をかけてくれたようだ。

表情には出さずに仕事しているつもりでいたが、さすがにばれていたか。

「泉を弁護したことがいまだに後ろめたいんだろう。だがあまり気にするな」

鷹野は庇《かば》うようなことを言った。

彼の言う通りかもしれない。だが今、自分の悩みは少し違ってきている。違法捜査を赦さないという正義については納得できている。問題はその違法捜査が本当にあったかどうかだ。ドラレコにはっきりと映っていたわけではない。あの映像から合理的に考えるなら、山本がパケを仕込んだ可能性が高いというだけだ。

違法捜査の疑いを排除できないという理由で無罪判決が出たが、今になって山本が覚醒剤パケを置いたと主張したことに自信がもてなくなっていた。

「もう一度だけ、山本さんに会ってみようかと思うんです」

「……会ってどうするつもりだ？」

「わかりません。でもこのままではつらすぎて」

鷹野は止めておけと言ったが、かまわず通話を切った。

芽依は反対側に来た電車に飛び乗る。

山本の勤務体制はよく知らないが、今日は泉に職務質問をした日と同じ水曜、だいたい時刻も同じだ。会えなければ諦めよう。そういう気持ちで向かうことにした。

交番に明かりはついているが、誰もいないようだった。

山本は不在なのか。残念に思う一方で、ほっとしている自分もいる。泉が無罪になったことで、山本も苦境に立たされているだろう。争って打ち負かされた弁護士の顔など見たくはないはずだ。

帰ろう。

そう思って交番に背を向けたとき、ガタンという音が聞こえた。誰もいないかと思ったが、奥にいるのだろうか。

「すみません。どなたかいらっしゃいますか」

声をかけながら、芽依は交番の中へ入っていく。

少し開いている扉の隙間に、光るものがある。何かが天井から延びているのが見えた。

「えっ」

思わず扉を開ける。天井から延びていたのはベルトだった。光っていたのはバックル。見上げると、そこには首を吊っている山本がいた。

芽依は悲鳴を上げる。

恐ろしくて直視できない。どうしたらいいの！　早く助けないと。いえ、もう息絶えてしまっている？　がくがくと足が震えて、頭が真っ白になる。

その時、後ろに気配を感じて振り返る。

「鷹野さん……」

「どいてくれ」

鷹野はベルトを切断し、その体を床に寝かせた。山本に会いに行くと言ったから来てくれたのだろう。

お願い。山本さんを助けて！

きっと彼ならなんとかしてくれる。よろけて机の上に手をついた。便箋《びんせん》が一枚置かれている。山本が書いた遺書のようだ。

——職務質問はやや強引だったかもしれません。それでも誓って、パケを置いてはおりません。コーヒーに覚醒剤を入れてもおりません。私は違法捜査をしていない。それは命をかけて言えることです。

そんな……叫びだしたくなるのを何とかこらえる。

私は誓って、覚醒剤を置いてはおりません。法廷で証言する山本の姿が脳裏に浮かぶ。

あの証言は真実だったのか。

「電話をかけてくれ」

「あ、はい！」

受話器を手に顔を上げると、鷹野は首を横に振った。

「呼ぶのは警察だ」

言葉の意味がわかったとき、芽依の手から受話器がすべり落ちた。

4

接見を終えて廊下へ出ると、梅津とばったり会った。

「ありゃ、どうしようもないぞ」

厄介な依頼主だと梅津は泣き言をいう。ギャンブル依存症。厄介なのはその通りだろうが、一緒になって責める気にはなれない。

あれから自分を追い込むように、仕事に没頭している。一瞬でも考える隙ができたら気がおかしくなってしまいそうで怖い。

芽依が発見した時点で山本は息絶えていた。

「気にすんな。あんたが殺したわけじゃない」

こちらの気持ちを察したのか、梅津が励ますように言った。

「はい」

だがその一言が胸にぐさりと突き刺さる。

「飯でも行くか」

「いえ、私はもう一人、接見があるので」

嘘をついて、梅津とは別れた。

食欲もない。水分だけは摂《と》ろうと思って自販機の前に行くと、スマホが鳴った。

「泉です」

思いもかけない相手からだった。契約は終了したし、二度と関わりたくなかったのだが……。

「どうなっている？」

声には怒気がにじんでいた。

「警察が来た。阿部のことで事情を聴かせろって」

「阿部？　友人だった阿部透真さんのことですか」

「そうだ」

覚醒剤事件で逮捕され、半年前に自宅マンションから転落死した人物だ。

「俺は無実になった。それでもう終わりじゃないのか？　どうして警察が来るんだよ」

記者会見の彼とはまるで別人のようなしゃべり方だった。

「とりあえず、落ち着いてください」

芽依は電話越しに呼びかける。

阿部の死因について何か新事実でもわかったのかもしれない。違法収集証拠で無罪になったばかりの者に対して警察が動くのだから、それ相応の理由があるはずだ。

「泉さんが覚醒剤をやっていたことを、阿部さんは知っていたんですか」

「知ってるに決まってる。俺とあいつは高校時代からその筋の連中とつるんでいたからな。そのときからドラッグに手を出していた」

警察は今回の事件では無理になったが、別件で泉を追いつめたいと考えているのかもしれない。

「二年前、あいつだけが捕まった。俺がブレイクした直後だ。正直、終わりだと思ったよ。阿部が俺のことをばらすと思っていた。それなのに、あいつは俺のことを話さないでいてくれた。ほっとしたよ。だが……」

その後、泉の声が変わった。

「しばらくして阿部から電話があったんだよ。話があるって」

「どういう内容だったんですか」

「覚醒剤のことだって言っていた。近いうちに会えないかって。結局あいつとは会わずじまいだったが、俺を脅そうとしていたとしか思えない」

　芽依は情報を頭の中で整理する。

「泉さん、あなたは阿部さんとは疎遠になっていたって言ってましたよね」

「ああ、そうだ」

「他に秘密にしていることはありませんか」

　阿部は転落死したのではなく泉が口封じで殺した。警察もそれを疑っているのではないか……喉《のど》まで出かかった言葉を、芽依は飲み込んだ。

「もう全部話したさ。だから何とかしてくれ」

「……わかりました。阿部さんのことを調べてみます」

　わずかに残る力を振り絞るようにして伝えると、芽依は通話を切った。


　静子の梅シロップは、甘酸っぱくて懐かしい味がした。

　しわしわになった梅の実をグラスからつまみ出して頬張る。口数の少ない芽依を、静子は優しく見つめていた。

　シロップの瓶を分けてもらい、礼拝堂へ向かう。

　山本のことを考えない日はない。泉からの電話を受けて阿部のことを調べているが、何かが折れてしまっている。教会に来たついでに静かな空間でぼんやりしたい。そんな気分だった。

阿部は執行猶予判決を受けた後、更生保護施設に入り、その後、派遣社員として働いていたという。彼の死については謎のままだ。警察の捜査状況がわからないが、泉との関係性をどう見ているのか。

礼拝堂に入ると、誰かの姿があった。

「あ……」

見覚えのある後ろ姿。祈りをささげていたのは、鷹野だった。

出会って間もない頃、彼は合理主義の権化で冷たい人間に思えた。だがその認識に変化が生まれたのは、この師団坂教会で彼を見かけたときだった。今と同じく、静かに祈っていた。

「鷹野さん」

恋人の命を奪った男を、鷹野は弁護した。死刑を回避し無期懲役を勝ち取った背景には、ある大きな覚悟がある。男に人の心を取り戻させることができたなら、事件の真相を自ら語る日がきっと来る。それを信じ、鷹野は今も恋人の仇《かたき》と向き合い続けている……。

「来ていたんですね」

芽依は声をかける。鷹野は振り向くこともなく、ああと答えた。

「泉の件、また調べているらしいな」

「はい」

そう言って、芽依は少し離れた場所に腰かける。

「お前はよくやっている」

「そんなこと、ありません」

芽依はゆっくりと首を横に振った。

「はっきり言って泉さんのことなんて、もうどうだっていいって思っています。彼のためじゃなく、正義のためでもなく、私自身のためにやっていることなんです。このままじゃ私、弁護士としてやっていけそうもないから」

わかっている。山本の自殺で自分を責めても仕方ないことくらい。

「何が正義で、何が悪なのか。よくわからなくなりました」

「本当にそうだな」

鷹野は励ますでもなく、静かに言う。

「俺はこのままにしておく気はない」

「え？」

「これから本当の決着をつける」

思わぬ一言だった。鷹野は立ち上がると、外へ出て行く。芽依は混乱しながらも、足早に後を追った。

「付いてくるか」

「はい」

大きくうなずくが、どこへ行くつもりなのか。それ以上問いかけられないまま、芽依は車の助手席に乗り込む。

いつの間にか、また雨が降っていた。

鷹野はずっと口を閉ざしている。

このままにしておく気はない、と鷹野は言った。本当の決着をつけるというが、どうやったら終わらせることができると言うのだろう。

「どこへ行くんですか」

「会いたい人間がいる」

鷹野はハンドルを回した。少しくらい説明してくれてもいいのにと横顔を見るが、不安はない。鷹野のことを絶対的に信頼している自分がいた。

雨粒がフロントガラスを転がり落ちていくのを眺めるうちに、車は見知った場所へとやってきた。

「ここって」

山本が自殺した交番だった。その時の様子が目に浮かぶようで、芽依は立ちすくむ。

かまわず鷹野は交番の中へと入っていくので、心を奮いたたせてついていった。

「あなたは……」

そこにいたのは細川到。泉に職務質問を行ったもう一人の警官だった。芽依の顔を見るや否や、厳しいまなざしに変わった。鷹野が会いたい人間というのは、この細川なのか。

「何の用ですか」

「勤務中にご迷惑でしょうから、要点だけ言います」

鷹野は柔和な微笑みを向けた。

「泉駿介の事件に終止符を打ちたいんです。打ち明けるなら、あなたしかいないと思いましてね」

細川は訝《いぶか》しげに鷹野を見つめている。打ち明ける？　細川しかいない？

どういうことかと思っているうちに、鷹野は平然と言い放った。

「泉は覚醒剤をやっていましたよ」

開いた口がふさがらなかった。完全な守秘義務違反だ。芽依が苦しみながら隠し通した事実を、こうもあっさりとばらしてしまうとは。細川も面食らったようで啞然《あぜん》としている。

「それも一回や二回じゃない。高校時代から、阿部透真という同級生と一緒にね」

「鷹野さん！」

芽依が割って入った。

「もうやめてください。何を考えているんですか」

泣きそうな声で訴えるが、鷹野の目は細川をじっと捉《とら》えたままだった。芽依にかまわず、再び口を開く。

「阿部は半年前に自宅のベランダから転落死しています。この件について、あなたに聞きたいことがある」

細川は芽依を押しのけると、鷹野に詰め寄った。

「いいですよ」

鷹野も細川に歩み寄る。

「結論から言って、阿部さんの死には裏があったんです。覚醒剤がらみでね」

「もしかして……泉が殺したと言いたいんですか」

細川は興奮気味に問いかける。

だが鷹野は微笑むと、大きく首を横に振った。

「いえ。殺したのは細川さん、あなたです」

細川の目が大きく開かれた。

「正確には、あなたと山本さんです。あなたたちは違法な捜査によって、阿部さんを死に追いやったんです」

固まったままの細川に向かって、鷹野は言葉を叩き込む。

「山本さんの遺書を盗みましたよね」

はっとしたように細川は目をそらした。

「ここに置かれていた遺書には、まだ続きがあったはずです」

まさか、そんな……。芽依は必死に記憶を辿る。そういえば山本を発見する直前に、物音がした。あの時、誰かがいたのか。言われてみれば遺書の締めくくりに山本の名前が記されていなかった。便箋は一枚だけだったが、あの続きがあったのか。

「こういった内容が書かれていたんですよね？　阿部さんを追い詰めるために薬物を仕込んだ。それがきっかけで阿部さんがパニックを起こし、誤ってベランダから転落死した。その事実を私たちは隠ぺいした。私が死を選ぶのは、そのせいだと」

細川の口は開いていたが、言葉は漏れてこない。

「山本さんは良心の呵責《かしゃく》にあえいでいたが、薬物犯を捕まえるためなら致し方ないと割り切って心をつなぎとめていたのでしょう。それがぷつりと切れたのは、薬物更生保護施設を訪れたときのことです」

そういえば静子が言っていた。山本を施設の研修で見たと。

「施設で山本さんは知ったんです。阿部さんはもう覚醒剤から足を洗っていた。友人のことまで心配して電話をかけるくらいに、阿部さんは依存症を克服しようと必死に努力されていたんです」

泉は阿部に脅迫されるとばかり思っていたのに、何という皮肉だろう。でもどうして鷹野は、ここまで詳しく事情を知っているのだろうか。

無言のまま、細川は奥歯を嚙《か》みしめていた。

鷹野はポケットから何かを取り出すと、細川に差し出す。それはＵＳＢメモリだった。

「山本さんは自殺する直前、更生保護施設の施設長にすべてを語っていました」

「……なに？」

「あの遺書に書かれた内容と同じものが、ここに録音されていたんです」

細川は固まっていたが、しばらくして崩れるように壁に体重を預けた。何も言わずに待っていると、ようやくその重い口が開かれた。

「事の始まりは半年ほど前のタレコミ情報だった」

山本の昔の同僚から連絡があり、泉と阿部が覚醒剤をやっているという情報を得たという。山本と細川はまず逮捕歴のある阿部の自宅へ向かい、帰ってきた阿部に職務質問を装って声をかけた。

「これを落としましたよ、と覚醒剤パケを見せたんだ。阿部はパニックになって自室に逃げ込んだ。そしてベランダから隣の屋上に飛び移ろうとして……」

山本はひどくショックを受けて、警察を辞めるとまで言い出した。だが細川は、阿部と泉が二人とも必ずクロだと信じて疑わなかった。コンビニの駐車場で、泉がその筋の者から覚醒剤を受け取っている場面を直接目にしたことがあったからだ。泉を逮捕できたなら、阿部のこともはっきりする。そう思ったらしい。

「泉がコンビニへ行っている隙に、車にパケを仕込んだ」

ドラレコにもコンビニの防犯カメラにも映っていなかった、空白の三分間……あのときだ。

「俺が仕込んだことを山本さんは知らなかった。俺から誘い、偶然を装って泉に職務質問した。後は知っての通りさ」

覚醒剤を置いてはおりません。

山本が証言したのは、泉の件に関しては本心からの言葉だったのだ。ただし阿部に対して犯したことには後ろめたさをぬぐえず、阿部の更生を知った山本は耐え切れずに命を絶った。彼の自殺に出くわした細川は、遺書の残りを思わず隠した……。

「細川さん」

その肩に、鷹野はそっと手を置く。

「すべてを語ってくれるものだと信じています」

言い残すと、鷹野は交番を出て行く。

芽依はその後を追うしかなかった。

運転席でハンドルを握る鷹野の顔は、少し疲れているように見えた。

「事件にこんな裏があったんですね」

芽依は語りかける。阿部の死と山本の自殺の真相を暴く。鷹野の言う、本当の決着とは思わぬ形だった。

「悲しいけれど、山本さんが自殺された本当の理由がわかってよかったです」

自分が追い込んだせいで死なせてしまったのだと、ずっと苦しかった。山本は知らずにこの世を去ったが、泉に対する違法捜査は本当にあったのだ。

毒樹の果実。

やはり捜査機関の違法行為を赦してはいけないのだ。阿部のような悲劇がありうるのだから。そう思ったとき、スマホが鳴った。泉からだ。

「早く助けてくれ」

別件の麻薬横流しで逮捕されたという。寝耳に水だったが、鷹野は特に驚く様子はない。通話を切った。

「弁護するのか」

「はい」

二転三転して最後はこの結果か。今度こそ無罪にはできないだろう。だがこれでよかったのだ。彼に必要なのは、刑罰のその先にある治療なのだから。

「何が正義で、何が悪なのか。よくわからなくなったと言ってたな」

そういえばそうだったと、うなずく。

「俺も、いまだにずっと揺れている。あんなことをしてよかったのかって」

「守秘義務違反のことですか」

「いや、それについては気にしてない。これのことだ」

鷹野はさっきのＵＳＢメモリを差し出す。再生してみると、聞こえてきたのはテンションの高めの英語だった。何だこれは……。

「メジャーリーグの実況録音だ。名物アナウンサーでな」

もしかして山本が施設長に全てを語ったというのは全部、はったりだったと言うのか。

鷹野は説明する。薬物更生保護施設で聞いた話、そして不自然だった遺書から全てを推察したのだという。細川の精神状態は壊れる寸前だったから、きっかけさえあれば落ちると思ったらしい。

「鷹野さん、あなたって人は」

これでは違法捜査と何も変わらない。

「毒も薬も使い方次第って言うだろ」

「……なんか、都合よくないですか」

鷹野は口元を緩めるだけで答えない。

ハンドルを握りながら、アクセルをふかした。

5

仕事を終え、鷹野が向かった先は師団坂教会だった。

墓地に足を向けると、「KUMIKO・AMAMIYA」という墓石の前で手を合わせる。

また来るよ。

そう言い残して教会の中へ入ると、誰もいなかった。

鷹野はひざまずいて目を閉じる。自分はキリスト教徒でも何でもなく、ただの真似事だ。だがこうしていると、頭の中が整理されてくる。次第に一人の男の顔が浮かび上がってきた。

いつの間にか雨音が聞こえる。降ってきたようだ。

かすかな足音が近づいてきて、すぐ真横で止まる。

「悩んでいるのね」

振り向かずとも声でわかる。この教会の牧師、冨野静子だ。

「ええ、まあ」

罪の意識がある、と鷹野は言った。

「私でよかったら話を聞くわ。しゃべると少しは楽になるかもしれない」

「そうですね」

鷹野は少し考えてから語り始める。

「俺は毒を以《もっ》て毒を制してしまいました。正義のためとはいえ、人をだまして真相を語らせたんです」

冨野はふっと口元を緩めた。

「悩みの原因は、本当にそのことかしら？」

お見通しのようだ。鷹野もつられるように笑みを浮かべる。正直なところ、この件に関しては大して罪悪感などない。悩んでいるのは別のことだった。

「少し前に、ある男を弁護しました」

鷹野は切り出した。

「酷《ひど》い事件でした。その男はまだ小さい女の子を誘拐してチェーンで首を絞め、その命を奪ったんです。そいつを死刑判決にできないかと思い、あえて俺は弁護人になりました。それが俺の罪の意識です」

重い告白に、しばらくしてから冨野は口を開く。

「結局、そうはしなかったのでしょう?」

「はい。でも冨野さん……そいつなんです」

「え? 何が」

「久美子《くみこ》を殺した犯人は、そいつだったんです」

冨野の顔は青ざめていく。

愛する人は無残に殺された。その犯人を見つけ出し復讐《ふくしゅう》することだけを考えて、長い年月を生きてきた。

南野一翔《みなみのかずと》。

俺は知っている。あいつが殺した人間は一人なんかじゃない。少年時代に一家三人を惨殺し、その後、弁護士として真相を探っていた久美子を口封じで殺《あや》めた。

「俺は復讐心をねじ伏せて、彼を治療するという道を選びました」

人の心を取り戻せたなら、久美子を殺したことを自白するだろう。それを願っての死刑回避だった。

「問題なのは、決死の覚悟で選択したにも拘《かか》わらず、ある思いが残っているということなんです」

「ある思い？」

「そいつを殺してやりたいという思いです」

つい言葉に力がこもった。

「裁判はまだ続いています。おそらくこのままなら無期懲役。ある意味、最も安全な塀の中にそいつを逃がしてしまうことになる。治療すると決めています。でもすべてを壊したくなる衝動が、俺の中に確かに存在するんです」

こんなことを告白されても困るだけだろう。こちらも聞いてもらったところで癒《いや》しなど求めていない。それでもぶちまけてみたくなった。

冨野は大きなため息をつく。

「人の心は揺れるものよ。大変な道を選んだのね」

このことを知る人間は少ない。先日も、久美子の師である江尻《えじり》弁護士に伝えるかどうかで悩んだ。散々迷った挙句に伝えたのだが、それが正解だったかは不明だ。

控訴審はもうすぐ始まる。罪の意識も迷いもすべて飲み込んでいくしかない。この道をただ進んでいくのみだ。

鷹野はもう行きますと立ち上がった。

「また来て」

頭を下げて、ゆっくり教会の外に出る。

雨はまだ、降り続いていた。

第二話　シンデレラの靴

1

ピンコーンという音に、梅津清十郎は顔を上げる。

かれこれ一時間も待ったが、まだ自分の番号ではなかった。

ここは病院の待合室。この前受けた検査の結果を聞きに来たのだ。まあ、健康診断でちょっと引っかかったに過ぎない。

見たくもないのにテレビがついている。ローカルニュース番組だ。都内で空き巣事件が発生し、逃げていった犯人は少年少女だったと被害者が訴えている。他にも何件か同様の事件が発生しており、注意が呼びかけられていた。

「二十四番の方、どうぞ」

看護師に呼ばれて診察室に入る。まだ若そうな医師が、憐《あわ》れむような眼差《まなざ》しで検査結果をそっと差し出す。

まさか……この表情はかなり悪いのだろうか。

「ひとことで言ってグレーゾーン。糖尿病予備軍ですね」

助かった。素直にそう思った。

「そうですか。ほっとしました」

「いや、ほっとされては困るんですよ」

「でもまだ糖尿病じゃないんでしょ」

こちとら胃が半分ないんだ。その程度じゃ驚きやしない。平然と言い返すが、医者も負けてはいなかった。

「境界型糖尿病です。梅津さんの場合、インスリンの分泌が遅いだけでなく量も少ない。ブドウ糖負荷試験の二時間値が１７３もあるでしょう。１７０を超えている人の多くが二、三年以内に糖尿病に移行します。こんな食生活ではあっという間ですよ」

医師は折れ線グラフをなぞりながら説明していく。

「だいたい境界型とか予備軍という呼び方が問題なんです。まだ糖尿病じゃないと安心してしまいますからね。グレーゾーンは黒。すでに梅津さんは軽度の糖尿病になっていると考えてください」

それからも説教が長々と続いた。ため息しか出ない。

「お大事に」

薬をもらって病院を出た。やれやれ。困ったものだ。グレーはグレー、黒ではないだろう。はっきりしない診断結果にいまいち納得いかない。鷹野にでも相談して、都合のいい言葉をもらおうか。いや、余計に叩《たた》きのめされそうだな。

スマホに着信があったのは、駅に着いてからだった。ルーム１の事務員からだ。

「梅津先生、今から接見に向かってもらえないでしょうか」

「すぐにですか」

「はい。依頼人は日野勝次《ひのかつじ》さんという方です」

その名前はどこかで聞いたことがあるような気がした。留置されている警察署は、自宅へ向かう途中にある。急な話だが仕方ない。

わかりましたと答えて、すぐにタクシーを拾う。

移動中、何気なく医者からもらった資料を見ると、面倒なことが書かれていた。運動しろと言われたが、血糖値を下げるには食後すぐがいいらしい。ふざけるな。満腹で至福のくつろぎタイムに、何で汗水たらさにゃならんのだ。

苛立《いらだ》ちが再燃する中、タクシーは目的地に到着する。

警察署の前で杉村が手を振っているのが見えた。詳しくは彼に聞くよう、事務員から言付かっている。近づくと、杉村は口をもぐもぐさせていた。

「何食ってんだ」

「梅津さん、ラッキーですよ。一つあげます」

満面の笑みで差し出されたのはメロンパンだった。

「来る途中に並んでゲットしたんです」

見るからにおいしそうだった。甘い匂いが鼻腔《びこう》をくすぐる。うちの事務所で話題になっているメロンパンだ。受け取ろうと手を伸ばすが、医者の顔がちらつく。

「いや……俺はいらん」

「どうしちゃったんですか、梅津さん。外はカリカリ、中はふんわりですよ。遠慮しないで、さあ」

ほれほれと杉村はメロンパンを近づけてくる。

「いらんったらいらん」

いつもなら迷いなくがっつくのだが、最悪のタイミングだ。杉村がぐびぐび飲んでいるコーヒーも砂糖のたっぷり入ったやつじゃないか。くそ。医者に脅されたばかりなのに見せつけてくれる。

「じゃあ、僕もう一個食べちゃお」

杉村はうまそうに平らげる。もう一度勧められたら受け取るつもりだったのに、無駄に心をかき乱されただけだった。

「それで、事件の詳細は?」

警察署の長椅子に腰掛け、打ち合わせを始める。

「歩道橋の階段で女の人が転落死したんです。依頼人の日野さんは、彼女を突き落とした容疑で逮捕されました」

「一つ、いいか」

梅津は口を挟む。

「日野勝次って名前、どこかで聞いたことないか」

「僕はないですけど」

「そうか。気のせいかもしれんが知っている名前のような……」

杉村が資料をめくって、読み上げる。

「日野勝次さん、六十六歳。東京都在住。長らく文房具メーカーに勤務後、定年退職しています。どうです、心当たりは？」

さあな、と梅津は首を横に振った。

「B型のおとめ座です」

そんなもんでわかるか、俺は占い師じゃない。

「まあ、いいさ。向かうとしよう」

そもそも知っている名前かどうかなんて、会えばわかることだ。弁護士バッジを見せると、接見室に入る。

遮蔽板《しゃへいばん》の向こうで待っていた男は、梅津と年齢は同じくらいなのに、ずっと老けて見えた。

「師団坂法律事務所の梅津です」

「杉村です」

名乗ると、日野は軽く頭を下げた。頭頂部が寂しく目と目が寄っている。やはりこの顔、どこかで見たように思う。

「失礼ですが、前にお会いしたことがありましたかね」

「いえ」

あっさりと否定された。気にしていても仕方がないので、さっそく事実関係の確認を始める。

亡くなった被害者は、池上倫子《いけがみりんこ》という六十一歳の女性。歩道橋の階段を転げ落ち、打ちどころが悪かったのか搬送先で間もなく死亡した。

日野のDNAが池上倫子のブラウスの背中から見つかっているため、二人に接触があったのは事実だ。

「あれは事故だったんです」

「わざと突き落としたのではないと？」

「はい。すれ違いざまに彼女がよろけて私にぶつかってきたんです。危ないと思って助けようとしたんですが、そのまま転がり落ちてしまったんです」

助けようとして背中をつかみかけたときに、手のひらの汗が付着したのではないか。

それが日野の主張だった。

「被害者の方とのご関係は」

「知らない人です。ただの通りすがりですよ。そりゃ亡くなった池上さんは気の毒ですが、これは事故です。わざと突き落としたただなんてとんでもありません」

それから事件当時の様子を細かく質問していく。杉村と二人で再現しながら、動作を一つ一つ確認する。梅津は丁寧に話を聞きつつ、日野の一挙手一投足を冷静に観察していた。

「日野さん、よろしいですか」

「はい？」

「弁護士はあなたの味方です。言いにくいことがあっても遠慮なく、どんどん話してください。あなたにとっての最善を尽くしますので」

「どうぞよろしくお願いします」

日野は深々と頭を下げる。梅津は今後の動きについて説明していく。取調べる側だった時の経験を話に交えながら、日野と黙秘の練習を繰り返した。

「ではまた来ます」

接見を終えて留置場を出た。

おかしなものだと、いつも思う。遠い昔、刑事という立場で被疑者と対峙《たいじ》していた。弁護士に転身して役割が真逆になったというのに、真実を求める姿勢は変わらない。

「どうですか、梅津さん」

杉村に聞かれて、顎《あご》に手を当てる。

「……そうだな」

まだ初回なので判断しがたいが、日野の訴え通りならただの事故だ。警察が逮捕に踏み切ったのはなぜか。それに……。

「日野さんのことだがな。やっぱり、どこかで会った気がするんだよ」

「えっ、そうなんですか。いつ、どこで」

「わからないから困ってるんだ」

杉村は顔をしかめていたが、思い出せないものは仕方あるまい。

それじゃあと言って駅で別れた。


改札を出ると、商店街のスーパーに寄る。

今までは気にも留めなかった糖質オフコーナーが目についた。

グレーゾーンは黒だと言われたのが腑《ふ》に落ちないが、どうせ食べるなら低糖質の食品を選んでみるか。パッケージ裏の成分表示を見て、パンや総菜などをいくつかカゴに入れる。大好きながんもどきは低糖質だったので安心した。

「八百五十六円になります」

閉店間際の値引き商品だけで、夕飯と明日の朝飯まで揃ってしまう。男の一人暮らしなんてこんなものだ。

スーパーを出ると小雨が降っていた。さっきまで晴れていたのに、天気予報を信じてよかった。勝ち誇ったように傘を広げ、自宅へと歩いていく。ゴロゴロと雷の音が遠くで聞こえる。雨脚が強くなる前に帰宅できそうだ。

足早に角を曲がり、家の前までやってきたところで庭の軒先に動く影が見えた。

「おい、何してる」

声をかけると、その影はぴくっとなった。はっとしたようにこちらを見る。暗がりの中にいたのは、茶髪の少女だった。

「どうしたんだ？　うちに何か用か」

「……別に」

「別にって、何でまたそんなところに」

「だってしょうがないじゃん。急に雨が降ってきちゃってさ。雨宿りしてただけだってば」

確かに傘は持っていないようで、少女の肩口が濡《ぬ》れていた。軒下で雨はしのげるだろうが、人の家の敷地内だ。怪訝《けげん》な目を向けると、少女は見つめ返してきた。その負けん気の強そうな瞳《ひとみ》に一瞬はっとする。

「なに？」

文句でもあるのかと言いたげだ。

「この辺の子か」

何も聞こえなかったかのように少女は答えない。そっぽを向いた横顔は、まだあどけなさが残る。

「年はいくつだ？」

「十四」

「中学生か。こんな遅い時間に外をふらふらしてたら危ないだろう。家の人に連絡するぞ」

少女は困った顔をして、その後、目を大きく開いた。

「あ！　もしかして私のこと、ドロボーかなんかだと思ったわけ？」

ドロボーという言葉に、病院のテレビで見たニュースを思い出す。そういえば少年少女による空き巣が多発していると言っていた。

「ふざけんな、じじい」

少女は梅津の手に下げられたスーパーの袋をちらりと見た。

「ドロボーに入るんなら、もっと金持ちの家を狙った方がましだっての」

その通りだが、じじいなんて言われたのは初めてだ。こちらが攻め手なはずなのに、いつの間にか攻守逆転している。少女は偉そうに両手を腰に当てた。

「雨宿りって言っただろ。疑うなんて、まじむかつく」

「疑っちゃあいないが、ニュースでやっていたんだ。お前さんみたいな若い子が空き巣に入る事件が起きてるって」

「そんなん知るかよ」

畳みかけるように言い放ち、少女は立ち去ろうとする。梅津はその背に呼びかけた。

「おい。ちょっと待て」

少女はびくっとしてゆっくりこちらを向く。

梅津は傘を差し出した。

「これ、持ってけ」

雨は止むどころか強くなる予報だ。

少女は脅しをかけるように梅津を睨《にら》みつけた後、礼も言わずに傘をひったくる。水たまりをサンダルで撥《は》ねあげ、夜道へと消えていった。

地面に反射する街灯の明かりを見つめながら、梅津はふうとため息をつく。いったい何だったのかよくわからないが、昔、あんな子をよく補導したものだ。

玄関を開けて我が家に入る。

炊飯器の飯が炊けているので、すぐに食事だ。

買ってきたばかりの総菜をパックのままテーブルに並べる。冷蔵庫から缶ビールを取り出し、茶碗《ちゃわん》に白飯をよそった。

それにしてもさっきは驚いた。人んちの庭で雨宿りだなんておかしなことを言う。空き巣ではないだろうが、何か訳ありの子だろうか。

あの負けん気の強そうな瞳。どこかで見覚えがあるというか、前にも会ったことがあるような……。

「やれやれ。またか」

知っているようで思い出せないことが今日はやけに続く。接見で会った日野勝次もそうだった。聞き覚えのある名前だったし顔も記憶にあったのだが、はっきりと思い出せない。弁護士になってからではなく、もっとずっと前、刑事だった頃に会っていたのだろうか。

「ええい、気になる」

梅津は食事もそこそこに立ち上がった。

糖尿病予備軍に物忘れだなんて、じじいまっしぐらだ。思い出せないままでは脳細胞が死んでいく。なんとかして復活させねば。

押し入れを開けて段ボール箱を引っ張り出す。こういう時こそ捨てられない性分が味方してくれるかもしれない。仕事関係のメモを何時間か漁《あさ》った後、色あせた茶封筒の中から一枚の用紙を取り出した。

「あったぞ。こいつか」

そこには日野勝次の名前が書かれている。

手にした資料は、二十年前に起きた殺人事件のものだった。

2

師団坂ビルの一階にある飲食店街に向かうと、後ろから声がかかった。

「梅津さん」

芽依と桐生も今から昼食のようだ。

「十二時前に来られたらよかったけど、少し出遅れちゃいましたね」

「どこも混んでるなあ」

比較的すいていたサンドイッチのチェーン店へ一緒に入る。

迷った挙句、たまには息抜きも必要だとタルタルソースたっぷりのチキンサンドを選ぶ。その代わり飲み物はカロリーゼロのコーラにしておいた。

「日野さんの弁護活動、どんな感じですか」

芽依が問いかけてきた。

「事件当時の目撃者を探しているんだが見つからなくてな」

歩道橋の近くに人はいなかったと日野は言うが、たまたま誰かが見ていた可能性はある。とはいえ、そんな人間を探すのは容易なことではない。監視カメラもない場所だ。

「被害者の女性には持病もないようだし、突然ふらついたことを立証するのは難しそうだ」

桐生がテーブルをトントンと指で叩く。

「もし警察の見方どおり故意に突き落としたのだとしたら、その理由が必要になりますよね。二人に面識があったという可能性が高くなる」

「さすが、鋭いな」

芽依が身を乗り出す。

「え、どういうことですか。裏に何かあるんですか」

「実はな……」

「しまったあ！　何てこった」

言いかけた時に、おかしな声が店内に響き渡った。

「間違えてゼロカロリーのコーラにしちまったよ」

大声を上げているのは七条だった。

「俺、デリケートだからさあ、合成甘味料は嫌な味が残るから苦手なんだよな。うっかり飲んだら腹壊しちまう」

梅津は口にくわえていたストローを、そっと離す。

「だいたいジャンキーな食いもんにゼロカロリー飲料を合わせたところで意味ねえっつの。罪悪感なんて気にして食事ができるか」

そう言いながら、七条はサイドメニューを追加注文していった。ポテトスティックにチョコパイ、うまそうだが体に悪そうなものばかりを侍《はべ》らせていく。くそ、こいつも杉村と同じだ。嫌がらせのように見せつけてくれる。

芽依も桐生も呆気《あっけ》に取られていたが、梅津が心にダメージを受けているとは気づいていないようだった。

「ええと、どこまで話しましたっけ」

桐生が仕切り直した。

「梅津さんが何か言いかけたところでしたよね」

「ああ、そうだったな。すごく重要なことだ」

すっかり話の腰を折られてしまった。

「実は日野さんに会ったのは初めてじゃなかった。俺が刑事として関わった事件の公判で、彼は目撃証人だったんだ」

「目撃証人？」

「そうだ。クリーニング店の店主が殺された事件でな。もう二十年も前になる」

芽依は首を傾げる。

「それが今回の事件とどんな関係が？」

「まあ話せば長くなるが、最後まで聞いてくれ」

事件はこういうものだった。殺されたのはヒロタクリーニングの店主、広田《ひろた》健三郎《けんざぶろう》。当時四十一歳。裁断用のハサミで数か所を刺され、店の入口で死亡していた。

「その事件の第一発見者が日野さんだ。店の向かいのアパートに住んでいて、逃げて行く犯人を目撃したと証言している。赤いハイヒールを履いた若い女だったってな。逃げてく途中に靴が片っぽ脱げたそうだ」

「へえ。シンデレラみたいな話ですね」

芽依が人差し指を顎に当てる。

「シンデレラ？　何の話だ」

声に振り向くと、鷹野だった。テイクアウトのコーヒーを手にして立っている。鷹野も交えて、梅津は説明していった。

「シンデレラといっても、その女はたくましいぞ。もう片っぽも脱いで、靴を手に裸足《はだし》で逃げてったらしい」

鷹野は何も言わずにコーヒーを飲んでいる。

「その犯人は捕まったんですか」

桐生の問いに梅津はうなずく。

「衛藤杏莉《えとうあんり》という女が間もなく逮捕された。クリーニング店のアルバイト店員だ」

当時二十歳で、過去に補導経験が何度かある。暴走族グループともつるんでいるような女だった。

「衛藤杏莉は赤いハイヒールを普段からよく履いていたようだ。事件後にタイミングよく靴が処分されていたことも疑わしいとなった。証拠隠しをしたとして公判で追及されている」

店のレジから現金が盗まれていたため金目当ての犯行だと見なされていたが、仕事上のトラブルという可能性も指摘されていた。

「彼女はどうなったんですか」

尋ねられて、梅津は首を横に振る。

「結局のところ、無罪になったんだ」

状況的には疑わしかったが、有罪証拠は日野の目撃証言だけ。その後、真犯人が捕まったという話も聞かないし、盗まれた金の行方もわからないままだ。

「それで日野さんがその事件の目撃者だったってことと、今回の事件にどんな関係が？」

芽依の問いに、梅津はうなずく。

「直接ってわけじゃないんだ。歩道橋から転落死した池上倫子さんと、そのシンデレラが繋《つな》がっていたんだよ」

「えっ」

昔の資料を丹念に読み込んでいくと、偶然とは思えない事実が存在した。

「彼女らは家が向かい同士で顔なじみだったらしい。しかも衛藤杏莉にそのバイトを紹介したのは池上さんって話だ。ヒロタクリーニングの店主は池上さんの同級生だそうだ。つまり日野さんと池上さんには、その事件の関係者という共通項があったのさ」

なるほど、と全員が納得した顔だ。

「これは裏に何かありそうだろ？」

日野に確かめなくてはいけない。

池上倫子のことを知らないと言ったのは嘘だとしたら？　歩道橋の上で出くわしたのは、偶然か否か。事件の真相に迫るには、その辺りを突き詰めていくべきだ。

鷹野はどう考えるか。

そう思って彼の方を見ると、いつの間にかいなくなっていた。

梅雨時らしく、むっとした暑さだった。

シャツの背中が汗ばんでいる。梅津は一人、荒川《あらかわ》に沿って歩いていた。あの事件が起きたのも、こんな初夏だった。

「ここか」

梅津が足を止めたのは、安売りスーパーの前だった。

関東にいくつもあるチェーン店で、業務用の商品まで幅広く取り扱っている。店舗の裏へ回ると、倉庫で仕分け作業が行われている。

体格のいい男性が多い中、一人、女性が混じっている。その横顔は、二十年前の記憶を一気によみがえらせた。

「衛藤杏莉さんですか」

女性は驚いたように振り向く。

「はい」

「弁護士の梅津と言います。少し伺いたいことがあるのですが」

名刺を渡すと、杏莉の表情に警戒の色がのぞいた。当時二十歳だったから、今は四十か。髪色が明るく、真っ赤な口紅が目を引く。派手な印象はそのままだ。シンデレラというより、シンデレラの姉の方が合っている。

「池上倫子さんという女性をご存じですね」

「それは、はい」

歩道橋から転落して亡くなったことを告げると、杏莉はえっと声を上げた。

「その事件について調べています。ご協力願えないでしょうか」

「……わかりました」

ショックが大きかったようで顔が青ざめている。業務が終わるまで待つつもりだったが、すぐに早上がりしてくれた。隣のファミレスへ一緒に移動する。

当然ながら、彼女は梅津の顔を覚えていない様子だ。取調べに当たった刑事の一人など、記憶には残っていまい。

池上倫子が亡くなった事件のあらましを話した。ニュースになっているが、今まで知らなかったようだ。

「彼女を突き落としたとして逮捕されたのが私の依頼人です。わざと突き落としたのではないと訴えているので、詳細を調べています」

近くに他の客はいない。気兼ねなく話ができた。

「最近、池上さんとのお付き合いは？」

杏莉は首を横に振ると、うつむいた。

「昔は仲が良かったんですよ。家がお向かいだったし、小さい頃からかわいがってもらってたんです。うちの親が放任主義だもんでグレてた時期もあったんですけど、あたしのことを何かと気にかけてくれて」

「バイト先を紹介してもらったこともあったとか」

突っ込んだ話題に、杏莉が戸惑いを見せる。

「そうですけど、何でそんなこと」

周りに聞こえるはずもないのだが、梅津は声を潜めた。

「衛藤杏莉さん、あなたは昔、殺人事件の容疑者として逮捕されていますよね。無罪になって釈放されましたが」

杏莉の唇が、わなわなと震えだす。

「軽々しく口にしないでください。池上さんが亡くなったことと、そのことが何の関係があるんですか？」

「それがですね、私の依頼人は日野勝次さんなんです」

「日野って、まさか」

「ええ。あなたの事件の目撃者……」

そこまで言ったところで、杏莉はおしぼりをテーブルに叩きつけた。

「あいつが倫子さんを殺したんだな」

「いえ、日野さんはぶつかっただけだと言ってます」

「そんなの知るか、あの嘘つきやろう。あいつのせいであたしは人生滅茶苦茶《めちゃくちゃ》にされたんだ。そんな奴の味方をするなんて、あんたは馬鹿だ」

吐き捨てると、杏莉は店を飛び出していった。

奥にいた店員が様子を見に来る。梅津は愛想笑いをして、椅子に座り直した。ああやって突然キレるところは昔と同じだが、池上倫子と衛藤杏莉が近しい仲であったことはよくわかった。

それにしても……。

無罪判決を受けている人間を疑ってはいけないのだが、実際に面と向かうと気持ちがもやもやしてくる。

翌日、梅津は一人、警察署に向かった。

空き巣注意の張り紙があった。前にテレビのニュースで見たやつだ。手続きを済ませると、さっそく接見室に向かった。日野がまもなくやって来る。

「体調はどうですか」

無難なところから尋ねた。

「眠れないのが辛《つら》いところです。九時消灯でも落ち着いて寝られないですよ」

「そうでしょうな」

日野は前より少しやつれたかもしれない。

「あれから私、いろいろと調べましてね……」

二十年前の殺人事件に日野と池上倫子が二人とも関係していることを指摘した。

「こんなこと偶然とは思えない。あなたは池上さんについて知らない人だと言いましたが、本当は違うんじゃないですか」

日野は固まっていた。もう一度問いを重ねようとしたところで、上目遣いにこちらを見る。

「取調べでも同じことを聞かれました」

やっぱり、と梅津はうなずく。

「弁護士はあなたの味方ですから信頼して何でも話してください。隠しごとや嘘があったら、あなたを守ることができませんよ」

「……すみません」

「知っていたんですね？　池上さんのこと」

「はい」

日野はため息をつく。だがこちらがそうしたい。最初からありのままを伝えてくれればいいものを。まあそれでも起訴されてから知るよりはましだ。

梅津は両肘《りょうひじ》をつくと、日野をじっと見つめる。

「じゃあ、歩道橋の上で池上さんと出会ったというのは？　彼女は通院途中で、あなたは宝くじを買いにいくところだったという話ですが」

「よく当たる店だって聞いたから、わざわざ行こうとしていたんです。そうしたら歩道橋の上で池上さんに話しかけられて」

「どんなことをしゃべったんです？　昔の事件と関係あることですか」

日野は口を閉ざしていたが、ここは重要なところだ。はっきりさせないと前に進めない。焦ることなく梅津は言葉を待つ。

やがて我慢大会はこちらの勝利に終わった。

「池上さんとは事件のことを少しばかり話しました」

「具体的には？」

「……衛藤杏莉は本当に犯人だったのか。そういったことです」

なるほどな、と梅津はうなずく。池上倫子は杏莉のことをずっと気にかけていたのだろう。

「彼女は衛藤杏莉が犯人ではないと考え、真犯人について調べていた。そういうことですか」

「まあ、そうですね」

「真犯人が誰であるとか、池上さんは話していましたか」

梅津の問いに、日野は即答しない。それどころか急に貝になった。どうしたんだろう。

そう思っていると口を開いた。

「梅津先生に頼みたいことがあるんです」

「頼みたいこと？　何ですか」

言いにくそうに、日野は声を潜めた。

「田舎に親戚《しんせき》の家がありましてね。もう何十年も空き家のまま放置されているんですが、その箪笥《たんす》にお金が隠してあります。見つかるとまずいので処分してもらえませんか」

やぶから棒のような依頼だった。急に何を言い出す？　梅津が黙って日野の方を見ると、寄り目がちの視線が、梅津の目をしっかりと捉《とら》えていた。

「何のお金ですか」

「聞かない方がいいと思いますけど」

遮断するような言葉に、梅津は口を閉ざす。

もう一度訊《たず》ねたかったが、これ以上問いを重ねさせないような圧迫感を覚えた。

「弁護士は味方なんですよね。どうかお願いしますよ、梅津先生」

「はあ」

守秘義務は当然だが、安請け合いできるようなことではない。言葉を濁しつつ、梅津は警察署を後にした。

見つかるとまずいもの。いったい何の金を処分してほしいというのだ。心に不穏な影を宿したまま急いで自宅へ戻り、車を出す。

まさか、あの金ではないのか……。

しつこくまとわり付いてくる思考を払いのけ、向かうのは埼玉の片田舎だった。とにかく早く確かめなくてはと、ついついスピードを出し過ぎになっている。

落ち着け、落ち着くんだ。

このままだと事故でも起こしてしまいそうなので、途中のサービスエリアで休憩を取りつつハンドルを握る。高速を降りてしばらく走ると、ようやくナビにゴール地点の表示が出てきた。梅津は林道を左折する。

奥まったところにぽつんと一軒家があった。

車を降りて表札を見る。日野と書かれているので、ここに間違いないだろう。玄関前は草が伸び放題になっている。周りも崩れ落ちそうな家ばかりで、車が通る気配はない。

日野の言うとおりに狸の置物を持ち上げると、難なく鍵《かぎ》が見つかった。梅津はライトで照らしながら、空き家へ入る。弁護士が不法侵入とは何とも情けないが、どうしても確かめたかった。

「ここか」

捜査員のように白い手袋をはめると、埃《ほこり》だらけの箪笥に手をかけた。引き出しには寝間着やら古い着物が入っていて、その下に新聞紙の包みがあった。

慎重に開けると、厚みのある封筒が出てきた。荒川信用金庫と印刷されている。重みで取り落としそうになるが、中には一万円札の束が入っていた。

もつれる指で必死に数えていく。それはきっちり、百二十五万円だった。

その金額に身が震える。

クリーニング店主殺人事件で盗まれた金は、百二十五万円。資料を見たばかりだから、きっちり端数まで覚えていた。事件の日、被害者の広田健三郎は銀行窓口でその額を出金している。確か荒川信用金庫だった。

間違いない。これはヒロタクリーニングから盗まれた金だ。

こんなものを隠し持っているなんて、つまり真犯人は……。

梅津は頭を抱える。

「何てこった」

体から力が抜けていく。ただの過失致死事件だと思っていたのに、こんな事実が隠れていたなんて。

箪笥の前にへたり込みながら、梅津は天井を見上げた。

3

曇り空の下、裁判所にやってきた。

公判前整理手続だ。検察官、弁護人、裁判所の三者が協議して争点を整理する。

案の定、あれから日野は起訴された。検察側は日野と池上の共通項に気づいていて、過去の事件がらみのトラブルと見ている。さらに目撃者も見つかり、故意に突き落として死亡させた傷害致死の線でいくようだ。公判の争点は、故意があったかどうかになる。

話し合いは滞りなく終わった。

裁判所を出て電車に乗ると、梅津は吊革《つりかわ》にぶら下がる。

空き家で見つけた札束は、厳重に包み直して元の通りにしておいた。日野の依頼は処分してほしいというものだったが、そんなことできるわけがない。二十年もの時を超えて真実を明らかにできる、二つとない重要な証拠なのだ。あれを警察に差し出せば、クリーニング店主殺人事件の真犯人として日野は逮捕されるだろう。

これから札束をどうすべきかの一点に心は向いている。正義を重んじるなら差し出すべきだが、自分は弁護士だ。

選択肢はいくつかある。

探しても見つけられなかったとしらばっくれて、今の事件の弁護に集中する。不利になることは隠しつつ、このまま過失致死を主張。目撃証言にどこまで証拠能力があるのかは不明だが、故意があったという決定打はないはずだ。

弁護士を降りるという選択もある。だが結局は誰かが日野を弁護しなくてはいけないし、ここまできて投げ出すのは無責任だろう。

最後の一つはアクロバティックなやつだ。守秘義務違反がばれないように日野を裏切る。あの札束を警察に見つけさせ、日野の犯行に気付くよう仕向けるというものだ。

現実的ではないとわかっているのだが、最後の選択肢に惹《ひ》かれてしまう。

それは衛藤杏莉のことがあるからだ。

真犯人が明らかになれば、彼女がどれほど生きやすくなるか。無実の人間を追い詰めてしまった身としては、何とかできないものかと考えてしまう。

俺はどうすればいい？

答えは出ないが、まずしなくてはならないことがある。

梅津は郊外のスーパーに向かっていた。

今日も勤務日だろうか。そう思って店の倉庫をのぞくと、衛藤杏莉が相変わらずあくせくと働いていた。一人になるタイミングを見計らって、そっと声を掛ける。

「あんたはこの前の……」

露骨に嫌な顔をされたが、当然の反応だ。

「今日はあなたに謝りたくて来ました。私は昔、刑事だったんです。あなたを疑って取調べたことがあります」

「刑事、だって？」

繰り返すと、杏莉はまじまじと見つめてくる。

「先日はせっかくお時間をくださったのに、自分が過去にあなたをどれほど苦しめたかを考えもせず……。まずはきちんと謝るべきでした。こっちが情報を得たいばかりで失礼だったと思います。本当に申し訳ありませんでした」

深々と頭を下げるが、杏莉の視線は冷たいものだった。

「今さら謝られたところで……。それよりも池上さんの件で何か進展はあったんですか。やっぱり日野が突き落としたとか」

当たってなくもないが、全てを話すわけにはいかない。

「実はですね、池上倫子さんはあなたの事件を調べていたそうなんです。真犯人を捜していたみたいで」

髪をかき上げたまま、杏莉は動きを止める。

「ちょっと待っててください。店長に言って早上がりさせてもらうんで」

しばらくして用事を済ませた杏莉が戻ってくる。前と同じように隣のファミレスへ移動した。

「じゃあ、倫子さんは昔の事件のことを調べているうちに日野と接触したってことですね」

そのようです、と梅津は応《こた》える。日野が真犯人である可能性については伏せるしかない。

「倫子さんは、きっとあたしのために……」

そう言うと、杏莉はわっと泣き始めた。

梅津はおどおどしながら周囲に目をやるが、この店は今日も客が少ない。しばらくの沈黙の後、杏莉はゆっくり口を開いた。

「あの事件の後、あたしがどういう人生を送ってきたか、あなたにわかりますか」

梅津はゆっくり首を横に振る。

「無罪になった。それで終わりじゃないんです。犯人は見つかっていないし、あたしは周りに疑われたままだった。たくさんいた友達もみんな離れていっちゃって、親兄弟さえも信じてくれずに家を追い出されました」

不意に自分の娘のことが頭をよぎり、梅津は下を向く。

「人が怖くてたまらなかったあたしに、あるとき好きな人ができたんです。それで結婚しようってなったときに、事件のことを打ち明けました」

目頭がうるんでいるのがわかり、結果が見えた。

「絶対信じてくれると思ったのに、そうじゃなかった。一緒に暮らしていた家に帰ると、もぬけの殻で。もう死んだ方がましだって、踏切に飛び込んだんです」

壮絶な話に梅津は絶句した。

「電車が急停止してくれたおかげで、命は助かりました。病院で意識を取り戻したとき、お見舞いの花が飾ってあったんです。こんなあたしに誰がって、もう信じられないほど嬉《うれ》しくてね。メッセージカードまで添えられてたんですよ」

涙声になりながら、杏莉は一枚のカードを見せてくれた。

「これ、お守り代わりに大事に持ち歩いているんです」

手書きで書かれた小さな文字が並んでいた。

――あなたは何も悪くない。助けてあげられなくてごめんなさい。辛くてもどうか負けないで……。

「誰がくれたのか、やっとわかった気がします」

「池上倫子さん、でしょうか」

「はい。きっとそうだと思います。真犯人を捜してくれていたなんて、もっと早く倫子さんに会いに行けばよかった」

我慢できないというように、杏莉はテーブルに顔を突っ伏した。

池上倫子の転落死も日野による口封じの可能性がある……。彼女が知ったらどう思うだろうか。

を落とす。

嗚咽《おえつ》を漏らす杏莉を見続けることができず、梅津はテーブルに置かれたカードに視線を落とす。

日野を裏切って警察に札束を差し出せば、すべてが明らかになる。彼女が失った全ては戻らなくとも、それをする義務があるのではないか。だが……。

それからはほとんど言葉を交わすことなく、杏莉と別れた。


電車を降りると、スーパーに立ち寄ってから家路につく。

歩きながら思い出していたのは、一人娘、亜矢子《あやこ》のことだ。

あの子が家出してからもう二十年以上が経つ。

ドラッグをやっていると、あらぬ疑いをかけたのが原因だった。さすがに母親とは連絡を取り合っていただろうが、意固地になって何も聞けずにいた。そうしているうちに妻は病気で他界し、亜矢子の消息は不明のままになっている。

それにしても俺は何て罪深いんだろう。娘の亜矢子と杏莉の姿が重なる。あの時、冤《えん》罪《ざい》は一つじゃなかったのだ。

とぼとぼと歩いていくと自宅の前に誰かが立っていた。雨など降りそうもないのに傘を手にしている。

「お前さんは……」

我が家の軒先で雨宿りしていた、中学生の女の子だ。

「これ。サンキュね」

気まずそうに顔を背け、傘を突き出す。

「ここでずっと待ってたのか」

「違うって。今来たとこだし」

くれてやったつもりだったが、わざわざ返しに来てくれたのか。きれいに畳まれた傘を受け取る。

「悪かったな。だが空き巣だなんて疑っちゃいない」

「ふうん……それってほんと？」

「まあ正直、少しは疑ったかもしれん」

「あはは、やっぱりね」

少女は声を上げて笑う。すまんと梅津はもう一度謝った。

「いいよ、別に。もう怒ってないし」

あのとき悪態をついて走り去ったのが嘘のように、少女は素直だった。借りた傘を返すだけなら玄関先に置いておけばいい。きっと話がしたくて待っていてくれたのだろう。

「お前さん、名前は？」

「ゆ、あ。小《お》原《はら》結《ゆ》愛《あ》」

丁寧に漢字まで教えてくれた。愛を結ぶだなんて、声に出したら少し気恥ずかしい気もする。今時のキラキラネームってやつだろうが、親の趣味かもな。

「どこに住んでいるんだ？」

「さあね」

誤魔化されたが、隣近所ではない気がする。こんな時間に中学生がほっつき歩いていたら怒られるくらいの、少し離れた場所から来ているのだろう。

「最近、こっちへ引っ越してきたばかりでさ」

「そうかい。前はどこに住んでいたんだ」

「金沢《かなざわ》。おじさん、行ったことある？」

「ああ。ずっと昔に家族旅行でな」

亜矢子が小学生の時だったか。たらふく蟹《かに》を食べさせてやったのに、ディズニーランドの方がよかったと文句を言っていた。

「めっちゃ寒くて雪が多いけど、いいとこだよ」

「そうか」

相槌《あいづち》を打つと、嬉しそうに結愛は話し続けた。生まれも育ちも金沢だそうだ。友達もたくさんいたというから、引っ越しなどしたくなかったのかもしれない。

「学校はちゃんと行ってるのか」

ふふふ、と笑うだけで結愛は何も言わなかった。

「ご家族は？」

「ママと二人暮らし」

母子家庭の子か。

「パパはずっと昔に家を出て行っちゃってさ。その後、ママに彼氏ができて一緒に暮らしてたんだけどね。酒飲むと暴れまくるし、殴られるから逃げてきたんだ」

あっけらかんとしゃべるわりに重い話だった。

「大変だったんだな」

「まあね。でも人生っていろいろあるのが普通っしょ」

思わず梅津は唸《うな》る。幼い頃から揉《も》まれているせいか、強い子だ。むしろ悪い男ばかりに引っかかるという母親の方が心配になってくる。

「何か困っていることはないか」

「え？」

「おじさんは弁護士なんだ。もっと昔は刑事だったから警察にも知り合いがいる。何かあれば遠慮なく相談してくれ」

そう言って名刺を渡すと、結愛は目を丸くする。

「ほんとに弁護士なんだ。嘘かと思ったじゃん」

「嘘なんてついてどうする。お母さんを大事にしてやるんだぞ」

「言われなくてもわかってるって」

無邪気に微笑むと幼く見えた。

「ところでさ、おじさんって刑事だったんだよね」

「ああ、そうだが」

「どうして今は弁護士してるの？」

問われて梅津は口ごもる。妙なところに食いついてきたものだ。

「なんで刑事辞めちゃったの。それとも辞めさせられたとか？　ねえ、教えてよ」

「………」

子どもに聞かせるような話でもないのだが、結愛は興味津々といった顔で待っている。

やれやれと梅津は口を開いた。

「ふさわしくないから刑事は辞めたんだ。かといって今の仕事が自分にふさわしいかは知らんが。弁護士になって人助けしたいと思ったのは罪滅ぼしの意味もあるんだろうな」

結愛はきょとんとしている。

「俺は罪を犯したのさ」

「罪？　なんか悪いことしたの」

ああ、と梅津はうなずく。

「無実の人間を疑ったんだ。ものすごく大事な人だったのに、後悔してもしきれない。どうすればいいんだろうな」

亜矢子のことだ。今さらどうにもならないと本当はわかっている。

「おじさんも、いろいろあるんだね」

「まあな」

結愛はくるりと背を向け、帰ると言い出した。

「車で送ってやろうか」

「いいよ。一人でだいじょぶ」

振り返りざま、結愛は微笑む。

「そのうちきっと、いいことあるよ」

ブイサインを見せつけ、走り去っていく。

「気をつけて帰れよ」

梅津は遠ざかる背中に声を投げかける。学校も行かず遅い時間に辺りをうろつくのはけしからんが、明るくていい子だ。きっと母親の大きな支えになっているだろう。

いいことある、か。だったらいいのだが……。


日野の傷害致死事件についての公判が始まった。

傍聴席は案の定、空いている。その少なさが、後方に座る一人の女性をはっきりと際立たせていた。真っ赤な唇は固く結ばれ、睨みつけるように前を見ている。衛藤杏莉の姿がそこにあった。

「それではお聞きします」

検察側の証人として呼ばれたのは、犬の散歩中に事件を目撃したという主婦だった。

「その時の状況を教えてください」

検察官に問われて主婦はうなずく。

「歩道橋を渡っていると、どこかで言い争う声が聞こえました。何だろうなと思って向こう側の歩道橋を見てみると、被告人が池上さんに向かって大声を上げていました」

「それから池上さんはどうされましたか」

「逃げようとしていました。その背中を被告人が押して突き落としたんです」

この証人が検察側の切り札だ。しばらく質問が続き、やがて終わった。

「弁護人は反対尋問をどうぞ」

「はい」

梅津は立ち上がると、証人の主婦に向けて語りかける。目撃した時の位置関係を、もう一度提示してもらう。

「交差点を挟む二つの歩道橋の間は二十メートルくらいあります。あなたは被告人が池上さんを突き落としたと言われましたが、どうしてそう思われたんですか」

「それは手が伸びて、がくんとなったから」

「手が背中に触れたところを見たのですか」

「はっきりとは見ていません」

「池上さんがバランスを崩してふらついたので、それを助けようとして手を伸ばしたと被告人は主張しています。よく見えていなかったのに、突き落としたと思い込んだのではないですか」

「それは……」

梅津は目撃証言のあやふやな部分を追及していった。彼女は現場をはっきりと見たわけではない。質疑応答を重ねるごとに、証言の曖昧《あいまい》さが色濃くなっていく。

「弁護人からは以上です」

やがて証人尋問が終わった。

「では休憩にします」

裁判官や裁判員が退廷していく。日野もこちらに一礼すると、刑務官二人に連れられて姿を消した。

梅津も法廷を出て食堂へ向かった。カウンター席に座り、蕎麦《そば》をすする。さっさと食事を済ませて午後に備えよう。特に変わったことでもない限り、弁護側優勢のままいけるだろう。

傍聴席にいた衛藤杏莉の姿が目に浮かぶ。ああして座っていたのには並々ならぬ思いがある。

「梅津さん」

振り返ると、鷹野がいた。梅津の隣に腰かける。別事件の公判手続に来たついでに、途中から傍聴していたらしい。見られていたなんて全く気付かなかった。

「いい調子じゃないですか」

「そりゃ、どうも」

鷹野は大した奴だ。愛する人の仇を弁護するなんて、自分には到底できない。個人的な怒りや復讐心を超えた、もっと大きなものを見据えているのだろう。今、俺が感じている迷いなど、鷹野にとっては取るに足りないものかもしれない。

「表情が冴《さ》えないようですが、何か引っかかっていることでも？」

鷹野に問われ、ため息をつく。

「衛藤杏莉が傍聴に来ていた。前にみんなと話してただろう、例のシンデレラの女性だよ」

ああ、と鷹野はうなずいた。

「転落死した池上倫子は、彼女のために真犯人を捜していたようだ」

無罪判決が出てからも衛藤杏莉が苦しめられていたことを話した。

「なるほど。真犯人はガラスの靴ですね」

「何だそりゃ」

「シンデレラであることを証明するには、ガラスの靴が必要です。それと同じように、殺人犯と疑われた人を本当の意味で救うには、真犯人が必要なんですよ」

「………」

その時、鷹野の携帯に着信があった。

「わかりました。すぐに行きます」

何か緊急の用が入ったようだ。注文した定食に箸《はし》を付けることなく、それじゃあと言って鷹野は去っていった。梅津は残りの蕎麦をすすりはじめる。麺《めん》はすっかり伸びきってしまっていた。

真犯人はガラスの靴か。

少々キザな喩《たと》えだが、その言葉どおりかもしれない。無罪と言われたところで、真犯人がいなくては灰かぶりのままだ。

俺はガラスの靴を差し出すことができる。ただしそのためには日野を裏切り、守秘義務違反を犯せばという条件がつく。理性に従うべきだとわかっているのだが、心の奥底は揺れたままだ。


やがて公判は再開された。

「それでは始めます。被告人は前に出てください」

証言台の日野は、落ち着いた表情で前を向いていた。

「……被告人は事件のあった日、歩道橋の上で被害者と何を話していたのですか」

梅津は問いかける。

「昔起きた殺人事件のことです」

事件の詳細については検察側から既に説明があったので、ここでは周知の事実だ。

「立ち去ろうとしたとき、池上さんがよろめいて体勢を崩しました。助けようと手を伸ばしましたが、彼女は落ちてしまったんです。背中に触れたのはそのためで、わざと突き落としたんじゃありません」

梅津はうなずく。横目で傍聴席を見ると、杏莉の姿があった。

「クリーニング店主殺人事件について、どのようなことを池上さんと話しましたか」

「真犯人を捜しているということです」

梅津の中に、一つの問いが浮かぶ。

その真犯人はあなたですか。

ここで日野を追及したら、どう答えるだろう。

あの札束の存在について口にし、すべてを明らかにする。そうだ。ここにいる日野勝次こそが、クリーニング店主殺人事件の真犯人なんだ。声高らかに告げたなら、それはきっと劇的だろう。

「弁護人」

裁判長に声をかけられた。

「どうしましたか」

「いえ、すみません。続けます」

梅津は大きく深呼吸をして、質問を再開する。それは故意の可能性を否定していくだけの、無難なものに終始した。

「以上です」

絞り出すように言って、着席する。

それから検察官が尋問を始めたが、これといったこともなく終了した。公判は進み、論告求刑から最終弁論、被告人の最終陳述まで来て結審した。

「それでは閉廷します」

裁判官が退席していく。日野も刑務官に連れられて姿を消した。

梅津は傍聴席に視線を向ける。

ガラスの靴はここにある。

だがそれを俺は隠し通すしかない。すまないな……うつむき加減で法廷を出て行く杏莉を、しばらく目で追っていた。

4

拘置所に向かう足が、いつもより重かった。

喪服を着た鷹野は、手続きを終えて接見室に入る。待っていると、やがて遮蔽板の向こうに一人の男が姿を見せた。

「ああ、鷹野先生」

明るい声に鷹野は会釈する。

南野一翔。五人もの尊い命を奪った殺人鬼だ。

「きれいな夕焼けでしたね。明日も晴れかなあ」

気楽なセリフが心をざわつかせる。

鷹野は顔を上げた。こんな人間でも、この情報を伝えれば動揺するだろうか。そう思いながら口を開く。

「あなたのお母さんが亡くなりました」

訃報《ふほう》を受けたのは、裁判所の食堂で梅津と一緒にいるときだった。アパートの自室で首を吊っていたという。

南野の母親は、裁判で証言台に立ってくれた。息子の不幸な生い立ちを語り、寛大な処罰をと訴えた。南野の心の治療には、母親の協力が不可欠だ。そう考え、何度か会って話をしてきたのだが、最終的に彼女は死を選んだ。

彼女は大罪を犯した息子に代わり、遺族のもとへ謝罪に通う日々を続けていたらしい。周囲からも激しく責められ、精神的に追い詰められてしまったのだろう。何とか思いとどまってほしかったが、助けになれなかった自分にはとやかく言う資格などない。

「息子がしたことは私のせいです。死んでもお詫《わ》びしきれない、と」

遺書にあった言葉を伝えるが、南野は硬直したように一言も発しない。

こんな彼は初めて見る。

南野の父親は家庭内で暴力をふるっていた。母親は自分と息子を守るために必死だったという。そんな母親の死は、南野にとってある意味、自分の半身をもがれるようなものかもしれない。それが、自分のせいで起きたという現実……。

「鷹野先生」

ようやく南野は口を開いた。

「僕はどうすればいいでしょうか」

この男から、そんな言葉が漏れるとは。人の心を持たない人間。精神医学的には反社会性パーソナリティ障害と位置付けられるだろうか。

「しばらく自分で考えると、いいですよ」

「鷹野先生……」

そのまま南野は口を閉ざし続けた。

接見を終えて、鷹野は拘置所を後にする。

外は、もう暗い。

南野はショックを受けているようだったが、きっと戸惑いは俺の方が上だ。こんな反応が得られるとは思いもしなかった。それはほんの小さな、それでいて大きな一歩かもしれない。

もしかしたら自責の念や、さらには罪の意識さえも感じ始めているのだろうか。

人が変われるなら、それに意味があるのか。

久美子よ、お前はどう思う？

5

病院の待合室で、梅津は順番を待っていた。

テレビでニュースが流れている。例の空き巣犯が逮捕されたそうだ。高校生グループによる犯行で、余罪を追及しているらしい。

日野の公判は終わり、無罪判決が出た。

喜ばしいはずなのに、こんなにすっきりしない気持ちになる判決も珍しい。あいつはこの事件では無実かもしれないが、昔の事件ではそうではない。

順番が来て呼ばれると、また担当医師の小言が始まった。血液検査の数値が前回よりわずかながら悪化しているという。

「私はまだグレーゾーンで、糖尿病じゃないんでしょう」

「いい加減、理解してください。梅津さん、グレーは黒なんです」

またそれか。はいはいと返事して病院を出たものの、その言葉が前より重くのしかかっていた。

脳裏にはずっと、杏莉のことがあった。

はっきり無実を証明されたわけではなく、無罪か有罪か判断がつかないので無罪。そんなグレーな扱いをされたら、永遠に救われない。グレーは黒。認めたくはないが、ようやく医者の言い分を受け入れつつあった。

電車は満員だった。

避けようと思ったのに帰宅ラッシュに巻き込まれ、息も絶え絶えに南千住《みなみせんじゅ》で降りる。いつものスーパーに立ち寄り、値引きシールの貼られた総菜をいくつか見繕った。

外へ出ると、梅津は空を見上げる。

小雨が頬にぽつぽつとあたった。雷の音がかすかに聞こえ、これから雨は強くなりそうだ。傘を広げて梅津は歩き始める。

こんな日には、結愛のことを思い出す。

あの子は言っていた。

そのうちきっと、いいことあるよ、と。

しばらく姿を見かけないが、前みたいにひょっこり雨宿りしていないだろうか。淡い期待を抱きながら家の前までやってくるが、軒下には誰もいなかった。

それもそうだ。また来ると言っていたわけじゃない。新しい環境にも慣れただろうし、母親と落ち着いて暮らしているならいいことだ。

いつまでも過去を引きずっているのは俺だけか。

結愛のことも、日野や杏莉のことも、全部忘れよう。その方があの子が言うように、いいことがあるかもしれない。

そう思ったときに、ポケットのスマホが震えた。芽依からの着信だ。

「梅津さん、大変です」

電話に出ると、随分と興奮した声だった。

「日野さんが逮捕されました」

「な……逮捕？」

「今度は殺人容疑です。クリーニング店主殺人事件の犯人が日野さんだったとかで」

あまりのことに、少しの間、言葉を失っていた。

「わかった。すぐに接見に向かう」

「いえ、それはできないんです」

「何故だ？」

芽依は口ごもりながら教えてくれた。

「日野さんが怒っているそうで。梅津先生は信頼できないから変えてくれって。だから鷹野さんが代わりに向かってます」

俺に怒っている？　どういうことだかわからない。

「とりあえず知らせなきゃと思ったので」

「そうか、すまんな」

梅津は力なく通話を切った。

翌朝、梅津は師団坂ビルへ向かっていた。

夜が明けるのが待ちきれず、目が冴えわたっている。

殺人罪で日野が逮捕されるまでの経緯はこうだった。親戚宅の空き家に入ろうとしていたところを住居侵入で捕まり、札束が発見された。紙幣に付着していた指紋が殺された被害者のものと一致したことで、疑いが決定的になったと聞く。

ひょっとして警察の狙いは、初めからクリーニング店主殺人事件の方だったのか。

ルーム1のオフィスに人はいないが、シニア・パートナールームの明かりはついていた。鷹野がいるとわかり、梅津は迷わず向かう。

ノックをして中に入ると、鷹野はあくびをした。リクライニングを倒し、仮眠をとっていたようだ。

「梅津さんか」

書類が山のように積まれている。きっと徹夜したのだろう。

「急に俺の代役にされちまって悪かったな」

「いえ、それより来てくれてよかった。ちょうど確認したいことがあるんです。日野さんが盗んだ金のことを、警察に漏らしましたか」

鷹野に問われ、梅津は口をぽかんと開ける。

「あなたが裏切って告げ口したから逮捕された。日野さんはそう言っていますが」

「俺はそんなことしてない」

梅津は大きくかぶりを振った。

「何度も頭にちらつきはしたさ。あいつの罪をばらしてやれたらどんなにいいかって。衛藤杏莉のことを思うと心は揺れたが、それだけなんだ」

俺が裏切り者だって？　そんな馬鹿な。重ねた悪行を棚に上げ、バレたら弁護士のせいだと逆切れか。身勝手にもほどがある。

「そうですか。わかりました」

鷹野はくるりと背を向ける。

俺の言葉を信じてくれただろうか。よくわからない。

「鷹野さん、やっぱり俺がやる」

「日野さんの弁護をですか？　本人が拒否していますが」

「俺は恥ずべきことはしていない。誤解を解きたいんだ。もう一度、俺にやらせてくれ」

鷹野はすぐには返答せず、しばらくチョコバーをかじっていたが、やがて口の周りをぬぐった。

「じゃあ、任せます」

鷹野は日野の被疑者ノートをこちらに差し出した。

「恩に着る。尻拭《しりぬぐ》いは自分でするよ」

「梅津さん」

「ん？」

ていくが、

「裏切り者なんていませんよ」

ああ、と梅津はうなずき、シニア・パートナールームを後にする。鷹野は信じてくれているようだ。

札束を処分するのは証拠隠滅に加担することになってしまうし、ただ秘密を守るのが最善の選択だった。ただ一つだけ後ろめたく思うのは、自分の中にあった呵責《かしやく》が消えていることだった。これで杏莉は救われる。本来、罪を問われるべき人間がようやく逮捕されたのだ。すべてうまくいく。そんな希望が満ちている。

日野の誤解を解き、彼が正当な裁きを受けられるよう努めたい。

預かった被疑者ノートをめくると、取調べでのやり取りが書かれていた。裏切られたと怒っているわりに、犯した罪は素直に認めているようだ。しばらく目で追っていくが、ふとあることに気づく。

「……なに?」

いや、まさかこんなことはあり得ない。だが思い返してみれば、確かにそうだった。ひょっとして俺は大きな思い違いをしているのだろうか。

梅津は日野がいる警察署に向かった。

拒否されるのを覚悟の上で接見を申し込むと、あっさり日野が出てきた。

「あんたの顔など見たくはなかったがな」

そっぽを向く日野に、梅津は語りかける。

「こんなことになるとは思いませんでしたよ」

「それはこっちのセリフだ」

日野の両目が大きく開かれ、遮蔽板越しに睨まれた。

「あんたに頼んだよな。あの札束を処分してくれって」

梅津はゆっくり首を縦に振る。

「処分することなどできませんよ」

「ほらな、やっぱり金を見つけてたんじゃないか。場所がわからなかったなんて白々しい。それでも弁護士か」

「でも秘密を漏らしてはいません。あなたを裏切ることはしていない」

「嘘をつくな」

日野は遮蔽板をどんと叩いた。梅津は目をそらさず、じっと前を向いている。

「それより日野さん、どうしてあんなことをしたんですか」

腕を組むと、日野は背もたれにのけぞった。

「ノートに書いてあっただろう。あんたの代わりの弁護士にも言ったはずだ」

「聞かせてください」

「だから動機は金だと言っている」

「いいえ、そういうことじゃない」

梅津は激しく首を横に振った。

「じゃあ何だ？」

「どうして札束の場所を警察に知らせたのかが聞きたいんですよ」

梅津はしっかりと日野を見据えた。日野の口元は開いていたが、言葉は漏れてこなかった。

「裏切り者なんていないんです。あの金が見つかるように、あなたが自分で誘導したとしか思えない」

「……正気で言っているのか」

「ええ、日野さん、あなたは真犯人じゃないんでしょう？」

「なに？」

「あなたが店から金を盗んだのは紛れもない事実。ですが盗んだ金があったところで、殺人を犯したのもあなただとは限らない。札束という絶対的な証拠のせいで、真実が見えなくなっていたんです」

日野は黙ったまま、唇を噛《か》みしめた。

「あなたが犯したのは殺人事件現場からとっさに金を盗んだという、火事場泥棒的なこと。窃盗罪、もしくは占有離脱物横領罪に過ぎません」

しかも二十年以上も前のことなのだから、とっくに時効が成立している。

「日野さん、あなたは盗んだ札束を使って、自分を真犯人に見せようとしているんです」

「馬鹿な。一体、何のために？」

言い返しながらも、日野は目をそらしていた。

考え抜いた末に導き出した答えを、梅津はそっと口にする。

「衛藤杏莉さんを本当の意味で救うためです。あなたですよね？　彼女が自殺未遂を図ったときに、お見舞いの花を送ったのは」

ここへ来る前に杏莉から預かってきたカードを日野に見せた。

「筆跡が同じです。あなたの字とね」

梅津は被疑者ノートを広げる。示された二つの筆跡を、日野は遮蔽板越しに眺めていた。

「真犯人を捜していたのは池上さんではなく、あなたの方だったのでは？」

「…………」

日野は言葉に詰まった。おそらくこの考えは正しいのだろう。

静かな接見室に、秒針の音だけが響く。

日野の口が開いたのは、しばらくしてからだった。

「よくわかりましたね」

「あのメッセージカードを見ていなかったら、きっとわからなかったと思います」

そういう意味では、杏莉のおかげだと言えるかもしれない。

「説明してもらえますか」

日野はゆっくりとうなずく。いつの間にか、つきものの落ちたような顔をしていた。

「衛藤さんが疑われたのは私の証言のせいです。だけど私は嘘をついていたわけじゃない。逃げてった女は、間違いなく彼女だと思ったんです。衛藤さんが赤いハイヒールを履いているのを、何度か目にしていましたから」

そうですか、と梅津はうなずく。

「でもね、彼女の自殺騒ぎを聞いて胸騒ぎがしたんです。自分の証言は本当に正しかったのか……。そう思って調べていくうちに、衝撃的な出会いがあったんです」

「出会い？」

「はい。池上さんのことです。彼女の顔を見た時、はっとしました。あの時見たのは、この人だったのではないかって」

「えっ」

「赤いハイヒールを見て、私は衛藤さんだとばかり思っていた。でもあの時見た顔は、池上さんの方がしっくりきたんです」

思いがけない告白に、梅津は目を瞬《しばた》かせる。

「それから池上さんについて徹底的に調べました。彼女には事件当時、好きな人がいて、それが殺された広田さんだったようで……」

「池上さんが広田さんを？」

「はい。想像ですが、彼女は若くて赤いハイヒールの似合う衛藤さんに嫉妬していたのかもしれない。広田さんを取られたくないという気持ちが暴走して、あの事件を起こしてしまったのではないかと」

自分の思いを打ち明けたが断られ、絶望のあまり相手を刺して逃げた。それが日野の考える真相だった。杏莉から聞いていた人物像とはあまりにもかけ離れていたが、その人間臭さが逆にリアルだと感じた。

「歩道橋で池上さんを待ち伏せして、私は必死に訴えました。本当のことを言ってくれと。驚くばかりで逃げようとした彼女は、バランスを崩して転がり落ちてしまった」

「……そういうわけだったんですね」

池上倫子が真犯人だと思っても、もう二度といい加減なことは口にできない。転落死が起きた経緯は誤魔化すことにしたのだという。死人に口なしで、証明は不可能だ。

「だけどね、傍聴席にいた衛藤さんを見て、たまらなくなったんですよ。自分が殺人犯だと疑われるのなら、いっそ、そうなればいい」

「日野さん」

「人が殺されているのをいいことに金を盗んだのはいいが、怖くなって使えませんでした。それが罪のない女性の人生を狂わせてしまった。その償いをしてみようかと決死の覚悟で臨んだのに、あなたはそれすら赦《ゆる》してはくれないんですね」

吐き出すように告げると、日野は肩を落とした。

沈黙が流れ、梅津は口を開く。

「偽物のガラスの靴では、シンデレラを救えませんよ」

もし俺が日野と同じ立場ならどうしただろう。梅津は日野の薄い頭髪を見ながら考える。同じ道を歩んだかもしれないな。

「そもそも犯人の代役なんて、いてはいけないんですから。衛藤さんでも日野さんであってもね」

梅津は言葉に力をこめる。

「今度こそ真実を語ってください。一緒に戦っていきましょう。そのために弁護士がいるんです」

両ひざに置いた日野の拳《こぶし》が震えている。彼が金を盗んだ事実はあるわけで、虚偽だが自白もしてしまっている。そう簡単に事が運ぶとは思えないが、それでも日野は今度こそ、真実を捻《ね》じ曲げないと決めたようだ。

「梅津先生」

「あなたを信じています」

優しく言うと、日野は目を潤ませながら深く頭を下げた。

6

駅から出ると、秋風にトンボが舞っていた。

梅津は安売りスーパーの裏手に回り、足を止める。遠目からうかがうと、杏莉が働いているのが見えた。特に何も変わらない日々が流れているようだ。

「梅津さん」

こちらに気づいたようで、杏莉が近づいてきた。梅津は微笑む。

「相変わらず、精が出ますね」

あれから日野は不起訴になった。検察はどう判断したのだろう。真犯人と疑いつつも証明できないと考えたのか、あるいは日野の供述を信じたのか。どこまで真実に迫っていたのかはわからない。

「日野は真犯人じゃなかったんですか」

「ええ」

「それじゃあ、これ以上は疑っちゃいけませんね。どさくさでお金を盗んだのは許せないけど」

本当は伝えてやりたかったが、口止めされているのでできなかった。メッセージカードの送り主は日野で、彼は自分を犠牲にしてまで杏莉を救おうとしたのだと。

「結局、犯人はわからずじまいかあ」

「力が足りず、申し訳ありません」

「いえ。梅津さんにはよくしてもらって感謝してます」

礼を言われたが、その笑顔は寂しそうだった。

池上倫子が真犯人であったかどうかは確かめようがなく、シンデレラの靴は見つからないままだ。

電車に乗って、南千住で降りる。値引きシールの貼られる時間まで古本屋で暇をつぶす。スーパーでお目当ての総菜を買い、家路につく。

あんなに思い悩むことがあったのに、いつもの日々が戻ってきた。変わったことと言えば、血糖値を下げるためにトマトジュースを飲むようになったことくらいだ。

何気なくトンボを目で追っていくと、家の前に少女の姿があった。

「久しぶりだなあ。また雨宿りか」

「そうだよ、雨宿り」

そう言って結愛は笑う。

彼女が見上げた空にはきれいな夕焼けが広がっている。

「元気そうだな。お母さんも元気か」

「うん」

結愛は背中で腕を組み、顔をのぞきこんできた。

「おじさんは元気ないね。何かあった？」

子どもだと思っていたら、なかなかに鋭い。まあ、いろいろと苦みが残る結末ではあった。

「シンデレラの靴は見つからなかったってことさ」

結愛は目をぱちくりさせる。

「ふうん。よくわかんないけど大変なんだね」

「まあな」

「でもね、いいことだってあるからさ」

「そうかい」

だといいな、とつけ加える。

「おじさん、前に言ってたでしょ？　娘を疑って家出されたって」

そういえばそんなことも言った。いや、そこまで詳しく話しただろうか。

「そのシンデレラは幸せにやってるよ」

「ならいいがな」

「ほんとだって」

結愛は遠くを指差した。梅津はその先にあるものを見ようと、目を凝らす。歩道橋を夕日が照らしている。誰かが下りてきた。

「ねえ、ママ」

結愛は両腕を広げて手を振った。

その影が次第に近づいてくる。

夕日が彼女の顔を赤く染めた時、梅津は大きく目を見開く。

これは……夢なのか。

そこに立っていたのは、ずっと前に家を出ていった娘、亜矢子だった。記憶より年を重ねた顔だったが、その真っすぐな瞳は少女の頃と変わらない。

「おかえり」

周りが色を取り戻す中、梅津はただそれだけを言う。

震えるような声が聞こえた。

「ただいま、お父さん」

そう言った亜矢子の頬を、涙が一筋、伝っている。結愛もいつの間にか、顔がくしゃくしゃだ。きっと私も同じ顔をしている。

夕日がどこか優しく、三人の影を浮かび上がらせていた。

第三話　バベルの塔

1

裁判所の裏道を少し歩くと、星の国旗がたなびいていた。

ミャンマー料理の店だ。桐生雪彦は一人、その小さな店に足を踏み入れる。

「いらっしゃいマーセ」

片言の日本語を話す店員が笑顔で出迎えてくれた。現地の食堂にいるような雰囲気だ。まだ早い時間なので中はすいている。担当していた案件に無罪判決も出たことだし、ささやかな祝勝会だ。

やがて注文したランチセットが運ばれてくる。

「これは……」

メインのココナッツヌードルは絶品だった。レモンや唐辛子が添えられていて、自分好みに調整できる。辛すぎると食べられないので助かった。パクチーもよく合う。前は苦手だったのに、いつの間にか独特の風味が癖になっている。香辛料たっぷりの肉団子もどこか懐かしい味で、何だろうとしばらく考えていたらカップヌードルの肉の味だと気付く。スープを飲み干す直前、砕かれたピーナッツが顔を出す。どうりで香ばしさも感じるわけだ。

サラダにかけられたスイートチリソースも、甘辛、酸味のバランスがいい。締めはタピオカココナッツミルク。コクのある甘みは練乳だろうか。

桐生は満足して会計に向かう。

「ごちそうさまでした。ココナッツヌードルは、タイ料理のカオソーイに似てますね」

「ミャンマーではオンノ・カウスェー、いいます。屋台で食べる朝ごはんです」

隣国だから食文化も混ざっているのだろう。海外旅行なんてしばらく行っていないのだが、遠い異国の暮らしに思いをはせることができた。

「すごくおいしかったです」

「ありがとゴザーマース」

デザートまでついてたったの千円だなんて、経営が心配になるくらいお値打ちだ。丁寧な接客も気持ちがいい。また来ようと思いつつ、店を出た。

趣味と呼べるものは何もない自分だったが、最近、秘《ひそ》かな楽しみを見つけた。それは世界の料理めぐりだ。どんな味だか予想もつかない国だとなおいい。クロアチア、ウイグル、ルーマニア、バングラデシュ、フィンランド、トリニダード・トバゴ……日本にいながら世界をこっそり旅している。

仕事以外に気が向くようになったのは、心に余裕が出てきたということかもしれない。

東南アジアはかなり攻めたが、ミャンマーは初めてだ。

こうして食べ歩くようになって、料理を作る楽しみも広がりつつある。母子家庭だったので簡単なものなら作れるが、必要に迫られてやっているだけだった。それなのにレシピを検索するほど夢中になるなんて、人は変わるものだと自分でも驚いてしまう。何となく気恥ずかしいので、ルーム1の仲間たちには内緒だ。

次はどこの国へ行くとしよう。そんなことを考えながら駅に向かって歩いていると、タクシーが横づけされた。助手席から誰かが降りてくる。

「よう桐生。事務所に戻るんだろ？　一緒に乗ってけよ」

ホスト風の男がにやついていた。七条だ。公判前整理手続で地裁まで来ていたらしい。

「勝ったようだな。やるじゃねえか」

「いや、たまたまだよ」

「謙遜《けんそん》するなって。よくひっくり返して無罪にしたもんだ。あんなややこしい案件、俺でもちょっとだけ手間がかかるだろうよ」

何故か七条が得意げに髪をかき上げる。突っ込んだら負けのような気がして、右から左へ聞き流しておいた。後部座席の扉が開き、中から年配の男性が顔をのぞかせる。

「どうぞ乗ってください、遠慮なく」

えびす顔の男は古賀逸郎《こがいつろう》。七条と同じルーム2のボスとして辣腕《らつわん》をふるっている。佐伯真樹夫《まきお》の死後、師団坂法律事務所の代表はこの古賀だ。

「古賀先生、ご無沙汰《ぶさた》しております」

「同じビルにいるのに、なかなか会いませんね」

「フロアが違いますし」

恐縮しながら桐生はその隣に乗り込む。

七条は運転手に言ってタクシーを出発させた。一人で電車の方が気楽だったのだが、断るわけにもいかないだろう。古賀はこちらを向いた。

「先日、あなたの証人尋問を傍聴させてもらいましたが見事なものでしたよ。佐伯先生不在でどうなるか心配していたけれど、確実に人材は育っている。ルーム1全体が大健闘のようで何よりです」

これまで交わしたのは挨拶《あいさつ》程度だった。いつも笑みを絶やさず人がよさそうに映る一方、その裏に何かあるような気もしなくはない。油断できない人物だと、あの鷹野が評していたくらいだ。ここ師団坂法律事務所で代表の地位にいるのだから、人並みの弁護士でないことは確かだろう。

「それにしてもあの事件をあなた一人に担当させるなんて。鷹野先生はよほど信頼しているんでしょうな」

桐生は苦笑いした。

「単に人使いが荒いんです。ご存じのように合理主義の権化ですから」

「はは、そうでしょうかね」

話がしにくい。こんなときこそどうでもいいことを七条がしゃべってくれたらいいのに、助手席で寝ているようだ。仕方なく、当たり障りのない会話を続ける。

やがてタクシーは到着した。

「桐生くん、また話をしましょう」

「はい」

「それじゃあ、これで」

師団坂ビル前で、古賀たちと別れた。

公判よりも緊張した気がする。大きく伸びをすると、コンビニに寄ってからエレベーターでルーム1へ向かう。

「ああ、桐生さん。おかえりなさい」

入口で芽依とばったり会った。

「無罪判決おめでとうございます。やっぱりというか、さすがですね」

後ろに鷹野もいた。コーヒーを手に通りかかったところのようだ。はしゃぐ芽依と対照的に鷹野に笑みはない。これしきの結果、当然だと言わんばかりだ。まあそれも、いつものこと。褒めたたえられたら逆に気持ちが悪い。

「桐生。戻ってすぐで悪いが、今からいいか」

「はい？」

「ちょっと変わった依頼でな。お前に担当してもらいたいんだが」

変わった依頼？　何だろう。まあ、来るなら来いという感じだ。

「構いませんが、どういったことでしょうか」

「死刑囚の再審請求だ」

えっ、と芽依が口元に手を当てる。

「詳しくは依頼人に聞いてくれ。応接室に来ている」

やれやれ。人使いが本当に荒い。デスクに荷物だけ置いて、すぐに応接室へ向かう。

扉を開けると、白髪交じりの女性がいた。

「初めまして。柳沢照子《やなぎさわてるこ》といいます」

六十代後半くらいだろうか、鼈甲《べっこう》の眼鏡をかけている。

「弁護士の桐生雪彦です」

微笑みながら語りかける。気になって偵察に来たのだろう、芽依がお茶を出してくれた。かまわず桐生は本題に入る。

「再審請求のご依頼だそうですが、詳しくお聞かせ願えますか」

うなずくと、柳沢照子は悲しげな顔を見せた。

「私の息子は義明《よしあき》といいます。十八年前に起きた、小岩《こいわ》派遣会社殺人事件で死刑判決を受けました」

差し出された資料に目を通していく。桐生がまだ中学生だった頃の事件だ。

殺された被害者は三人。小岩にある人材派遣会社の社長、松本昇《まつもとのぼる》と、二人の社員だ。

犯人は会社の社長室を襲撃後、金庫から金を奪いバイクで逃走。松本はめった刺しにされていた。警官がバイクを追いかけたが、ガードレールに激突して鈴木《すずき》光星《こうせい》という青年が死亡。盗まれた金を所持していたため、犯人だと断定された。

「それなのに何故、息子さんが共犯者だと疑われることになったんでしょうか」

照子は拳《こぶし》を握り締めた。

「息子は被害者の社長さんの会社に派遣社員として登録していました。それとバイクで事故死した鈴木光星は、昔からうちの息子と仲が良かったんです」

中学、高校の後輩で、地元の遊び仲間だったそうだ。

「なるほど。鈴木光星と被害者に関係性はなく、つながりがあるのが息子さんだったということですね」

「金庫の場所や狙いやすい時間帯とか、会社をよく知る人間の協力があったということになり……。当時、息子は借金していたこともあって、共犯を疑われて逮捕されました」

「でも息子さんは無実だと」

「はい。弁護士さんも起訴される可能性は低いと言ってたんですよ」

確かに状況証拠の積み重ねで有罪に持ち込むのは厳しいだろう。鈴木光星が生きていたなら供述も取れるが、それもない。

「だけど急に目撃者が見つかったとかで、結局、息子は起訴されてしまいました」

資料をめくるとカタカナの名前が目に入った。

パメラ・オカンポ。

事件のあった派遣会社に登録していたフィリピン人女性だそうだ。彼女は会社に用事で来た際、逃げて行く二人の男を見たという。そのうちの一人が照子の息子、義明だったらしい。

「その証言で検察側有利になり死刑判決が出た。その後、控訴したけど取り下げたんですね」

「ええ、息子はやけになってしまって。一審で死刑が確定してしまいました」

面会を拒否され、虚しい日々が長く続いていたらしい。

「ただ最近になって息子から手紙が来たんです。俺はやってないって。私としてはその言葉を信じたいし、自分の産んだ子が死刑になるというのはやっぱり怖いんです。勝手なことをと思われるかもしれませんが、本当に無実なら助けなくちゃって」

照子は目を潤ませていた。事件から十八年経っての再審請求というのは、そういうことだったのか。

「どうかお願いいたします」

深く頭を下げて、応接室を出ていく。その後ろ姿を見送っていると、ドアの段差で照子がふらついた。近くにいた芽依が彼女を支える。

「体調がすぐれませんか」

「いえ大丈夫です。それより息子のことをよろしくお願いいたします」

こちらを振り返り、再び頭を下げられた。そんな照子に芽依は励ますように言った。

「桐生先生は元裁判官なんですよ」

「裁判官……へえ、そういう弁護士さんもいらっしゃるんですね」

「若いけどとても優秀で、今日も無罪判決を勝ち取ってきたばかりなんです」

「そんなすごい方が……」

無実かどうかはわからないというのが正直なところだ。あまり期待させるようなことを言うべきではないのに、芽依はすっかり同情してしまっているようだ。

桐生はため息をつく。死刑囚の再審に向けた動き自体は珍しくないが、確定した判決は法的安定性もあってほとんど覆ることがない。以前、勝ち取った無期懲役犯の再審無罪は奇跡的なものだった。特殊な事情もあり、今も苦いものが残っている。

芽依が湯呑《ゆのみ》を片付けながら聞いてきた。

「再審に持ち込める可能性ってあるんでしょうか」

「そうだなあ」

桐生は事件の資料をめくっていく。

「確かにこの事件、決定的と言える証拠はありませんし、目撃証言さえ切り崩せたらあわよくばという感じはします。ただむしろ問題はこっちかもしれません」

桐生の言葉に、芽依は目を瞬かせる。

これはどうやって柳沢の無実を証明していくかという話ではないのだが、どうしても無視できないことだ。桐生は資料の最後を指で示した。

「えっ……この弁護士って」

芽依は口元に手を当てる。そうだ。もしこの事件を俺が引き受けたなら、あの男はどう思うだろう。

国選弁護人の欄には、古賀逸郎という名前があった。

2

エレベーターが音もなく上がっていく。

柳沢死刑囚の母から依頼を受け、桐生は本人に会うべく東京拘置所にいた。

こうして昔のことをほじくり返していると古賀が知ったら、決していい思いはしないはずだ。古賀にはできなかったことが自分にはできる。そんな具合に調子に乗っている若造だと思われても仕方ない。

接見室の重い扉を開けると、穴の開いた遮蔽板《しゃへいばん》の向こうに男が立っていた。

「弁護士の桐生です、初めまして」

挨拶すると、彼も頭を下げた。

「どうも、お世話になります」

目の前にいる四十過ぎの男は、ひとことで言ってやくざ者という印象だった。

大柄で切れ長の三白眼には人を圧する力がある。死刑判決を受けてから十八年。時間の経過とともに角が取れたが、芯《しん》は堅気ではない。そんな感じがする。

「うちの母が無理言って頼んだようで、すみません」

柳沢は何度も頭を下げていた。

「再審が難しいってことはよくわかっております。実際、そうなんでしょう？」

「現状では何とも」

「……ですよね」

そう言って、柳沢は口元を歪《ゆが》めた。

「柳沢さん、あなたは無実を訴えているそうですが」

確認の問いを発する。じっとこちらを見つめてから、柳沢はうなずいた。

「はい」

「だったらどうして控訴を取り下げたりしたんですか。照子さんは、やけになったからだとおっしゃっていましたが」

それは……と言ってから、口を開く。

「母の言ったとおりです。もう全部どうでもいいと思ったんです」

それから十八年。死と隣り合わせの極限の日々を過ごし、考えが変わったということか。彼が本当に無実だとしたら、死刑になるなどあってはならない。

見落としがないよう、事件について確認していく。

「被害者の松本さんとの関係は？」

「社長とはパブで知り合いました。ギャンブルで身を持ち崩していた俺に、自分の会社で働かないかってまともな仕事につけてくれたんです。恨むことなんてこれっぽっちもありませんよ。いい人です」

「バイクで事故死した鈴木光星とは、中学の時から仲がよかったそうですが」

「そうなんです。俺も光星も、田舎では相当やんちゃしてましたからね。あいつは俺を頼って上京してきて、かわいい弟分みたいな奴でした」

なるほど、と相槌《あいづち》を打ってから尋ねた。

「あなたは事件と全く関りがなく、全部、彼が一人でやったと？」

桐生の問いに、柳沢は額を押さえる。

「あいつは……光星は暴走してしまったんですよ」

「暴走、ですか」

「俺が金に困っているのを知って、良かれという思いで勝手にやらかしたんです。あいつは俺のことを慕ってくれてましたから」

会話が途切れ、柳沢はうなだれた。目尻《めじり》には光るものが見える。ショッキングな別れだったろうが、鈴木光星から話を聞けない以上、いくらでも嘘はつける。

「事件当時は、何をしていたんですか」

柳沢はふうとため息をつく。

「海岸をバイクで飛ばしていました。昔、暴走族やってたんで時々走りたくなるんですよ。でもそれを証明するのは無理でしょう。さんざ前の弁護士も探し回ったのに駄目でしたから」

古賀のことだからぬかりはないはずだ。今さらアリバイの立証は難しいだろう。

「目撃証人のパメラ・オカンポさんは、あなたと鈴木光星が会社から逃げていくのを見たと証言したそうですが。パメラさんとは顔見知りだったんですか」

柳沢は首を横に振った。

「フィリピンパブで会ったらしいです」

「らしい？」

「でも俺の記憶には残っていない。店のお姉ちゃんの顔を一人残らず覚えているわけないでしょう。あっちが俺の顔を記憶していたってだけで、それも本当かどうか怪しいもんですよ」

それはそうかもしれない。柳沢は話を続けた。

「俺のこと、魚が嫌いな客だから覚えているって話したそうだけど」

「魚が嫌いな客、ですか」

「おかしなことに俺は嫌いな魚なんてないんですよ。むしろ漁村育ちだから好物なくらいで」

パメラは事件後すぐではなく随分と経ってから証人になっている。警察はどういった経緯で彼女の証言を得たのか。慎重に調査する必要がある。

それからもうしばらく話し、時間になった。

「また来ます」

そう言って、桐生は拘置所を後にした。

柳沢が無実かどうかは何とも言えないが、鍵《かぎ》となるのはパメラの目撃証言のようだ。彼を死刑にするだけの証拠能力があるかは確かに疑わしい。不起訴にさせまいと無理にねじ込んだ可能性もある。

ポケットからスマホを取り出すと、タイミングよく梅津からの着信があった。頼み事をしていたので、すぐに出る。

「何かわかりましたか」

「見つけたぞ。パメラ・オカンポだ」

「本当ですか。さすがです。梅津さん」

消息が途絶えていて帰国してしまったかと諦《あきら》めかけていたが、吉報だ。

「日本人男性と結婚して、夫婦で飲食店を切り盛りしているそうだ。フィリピン料理店だってよ」

一瞬、間が空く。フィリピン料理はまだ食べたことがない。

「何だ？」

「いえ、ありがとうございます、梅津さん。さっそくその店に行ってみます」

「俺も一緒に行くさ。今からでも出られるぞ」

グルメサイトで確認したら、ランチタイムから夜まで通し営業のようだ。南千住の駅前で梅津と待ち合わせることになった。

その店は八王子《はちおうじ》にひっそりとたたずんでいた。

フィリピン料理店『Ocampo』。雑居ビルの一角にある小さな店だ。

「いらっしゃいませ」

迎えてくれたのは、割烹着《かっぽうぎ》姿の外国人女性だった。

「お客さん、フィリピン料理、初めて？」

「あ、はい」

「フィリピンの家庭料理、辛くない。あっさりした味。ごはんにかけて食べます。バイキングだから、たくさん食べてね」

梅津は横目で追いながら水を口に含む。

「彼女がパメラ・オカンポのようだな」

「そうですね」

小柄で小太りの女性だ。事件から十八年経っているから今は四十くらいだろう。フィリピンパブで働いていたというから、もっと妖艶《ようえん》なイメージを勝手に抱いていた。だが目の前にいるのは、たくましいおかみさんという感じの女性だった。

「あっちのは旦那《だんな》かな」

「そのようですね」

エプロンをした初老の男性が見えた。パメラと一緒に料理を並べている。

彼らに尋ねなくとも、この店を開くまでの経緯がメニューの表紙裏に記されていた。八年前に結婚し、夫の定年退職後にフィリピン料理店を始めたそうだ。書かれざる経歴の中に殺人事件の証人になった過去が隠れている。

「とりあえず食べるとしますか」

「ああ。食べ放題だとは知らなかったがな」

皿に料理を取りわけていく。梅津は血糖値を気にしていたが、途中から開き直ったように口に運んでいた。せっかくの機会だ。自分も仕事のことは、しばし忘れるとしよう。

「このスープ、何ですか」

豚肉と野菜が入っていて、さわやかな酸味を感じる。桐生の問いに、パメラはにっこり微笑んでくれた。

「シニガンっていいます。タマリンドという豆が入っている、少しすっぱいね」

「ああ、タマリンド。インドのカレーやタイのパッタイにも使われるやつですね」

「そう。お兄さん、よくわかった」

パメラ以上に、梅津が驚いた顔をしている。

「日本はタマリンドない。甘い梅干し使ってもいいよ」

「なるほど」

簡単に代用できるなら真似して作れるかもしれない。横で聞いていたパメラの夫が会話に加わる。

「シニガンは日本人にとっての味噌汁《みそしる》。住んでる地域や家庭によって味も具も変わるけど、フィリピンの人が懐かしい気持ちになるスープだそうですよ。うちはフィリピンのお客さんも多いですけど、みんなおいしいって喜んでくれます。うちの奥さんは料理上手なんです」

「料理も日本語もお上手ですよね」

　梅津が褒めると、パメラは嬉《うれ》しそうに首を横に振る。

「ワタシ、全然、話せなかったです。ちょっとずつ勉強しました」

　食事を楽しみながらなごやかに話していると、小さい男の子がひょこっと顔をのぞかせた。

「あっ、こら。キッチンに入るのダメよ」

　男の子はハーフに見える。小学校に上がるくらいだろうか、彼ら夫婦の子どものようだ。

「ご飯はもう終わったね。ほら、デザートよ」

　バイキングに並べられた料理の中から、春巻きを一つ取って渡す。

「サバ、サバ」

　子どもが待ちきれないようにかぶりつく。桐生は箸《はし》を持つ手を止めた。

「サバ？　この春巻きのことですか」

「いえ、これはトゥロンっていうお菓子。サバはこれ」

パメラは小ぶりのバナナを取り出す。夫が説明を加える。

「フィリピンではバナナのことを、〝サバ〟って言うんです。日本のバナナと違って甘くないので、味付け次第でデザートやおかずにもなるんです」

梅津は揚げたてのトゥロンを口に入れた。

「バナナに黒砂糖をまぶして揚げてあるのか。血糖値的にやばいな」

完食する梅津を見ながら思った。〝サバ〟はバナナ……。引っかかるものを感じ、本来の目的を思い出す。デザートまで食べ終わったので、ちょうどいい頃合いだ。桐生はパメラに名刺を差し出す。

「私は弁護士の桐生と申します」

「え、ベンゴシ？」

「十八年前に起きた派遣会社殺人事件について調べています。パメラさんは目撃証人だったそうですね。どうか、当時の状況についてお話を聞かせていただけませんか」

パメラの顔はいつの間にか青ざめている。

「それは、あの……」

「お願いします。今日が無理なら、またお時間のあるときで結構ですので」

頭を下げるが、パメラの手から名刺がすべり落ちた。指先が震えている。

「どうしたんだ、大丈夫か」

夫が肩を抱くが、パメラの震えは止まらない。梅津と顔を見合わせていると、フィリピン人の団体客が一斉になだれ込んできた。

「いらっしゃいませ」

パメラを奥の椅子に座らせて、夫が慌ただしく接客し始める。店は一気に騒がしくなった。振り返ると梅津が首を横に振っている。床に落ちたままの名刺を拾い、レジ横に置く。会計を済ませて二人は店を出た。

「どう見ても何かあるって感じだったな」

「そうですね」

パメラのあの反応、どう解釈すればいいのだろう。過去の証言に対して何か後ろ暗いことでもあるのか。

「飯はうまかったが、これ以上は収穫なしってとこか」

梅津の言葉に桐生は首を横に振る。

「そうでもないですよ。ちょっと確かめたいことがあります」

「すごいな、何かわかったのか」

「さっき言ってたでしょう。バナナはフィリピンで〝サバ〟と呼ばれていると」

「そうだな。俺はてっきり魚のサバのことかと思ったぞ」

それは桐生も同じだった。

「日本人はみんなそう思うでしょう。だから柳沢さんに聞いてみたいんです。バナナが嫌いかどうかってね」

つまりパメラの言う魚が嫌いな客というのは、バナナが嫌いな客という意味だったのではないのか。柳沢から聞いた話を説明すると、梅津は顎《あご》に手を当てた。

「なるほどな。だったらパメラが見た逃走犯は、柳沢さんで間違いないことになる。無実という主張からは遠のくな」

「一概には言えませんよ。彼の顔を知っていても、見間違いだったかもしれない。それより気になるのは別の可能性が出てきたということです」

「別の可能性？」

「はい。法廷通訳のミス……その可能性です」

公判記録によると、通訳は英語で行われている。当時の法廷通訳人は日本国籍だ。連絡が取れないか調べてみたが、南米へ移住したそうで居場所がわからなかった。

「梅津さんはリンガフランカって聞いたことがありますか」

「リンガフランカ？　なんじゃそりゃ」

「違う母国語を話す者同士が、共通言語として使う言葉のことですよ」

ふうん、と梅津は首をかしげる。

「フィリピン人にはタガログ語の通訳人がつくのが一般的ですが、パメラさんは地方出身でビサヤ語が母国語です。おそらく少数言語の通訳人がいないため、フィリピンで公用語として使われている英語での通訳になったのでしょう。ですがバナナの〝サバ〟を魚のサバの意味で通訳されていたのが事実だとしたら？」

「そうか。通訳ミスが他にもあったっておかしくないな」

桐生はうなずいた。

「証拠となった目撃証言自体にも、事実と違う点があるかもしれません」

「パメラのあの態度も意味ありげだったしな。再審請求なんて無理だと思っていたが、こりゃあ詳しく調べる必要があるぞ」

「ええ」

彼の訴えが真実だとしたら、死刑執行を絶対に止めなくてはならない。

そう思いつつ、桐生はにぎやかな声のする店の方を振り返った。

3

色褪《いろあ》せた辞書を片手に、桐生は公判記録を読み漁《あさ》っていた。

誤訳があったとして判決に影響しているかまではわからないが、可能性が生じたからには丁寧に洗い直すべきだ。

パソコンにメールが来たのですぐに開く。ルーム5の弁護士に確認を頼んだ件だ。外国人がらみの事件に強い部署で、こういう時には頼りになる。その回答を読んで、桐生は小さくうなずく。思った通りだと手ごたえを感じた。

あれからパメラのフィリピン料理店に何度か電話をかけた。夫が出て、妻は忙しいと拒絶されている。そういった反応をすること自体、何かあるのだと思わざるを得ないのだが、話が聞けない以上、今できることをするしかない。

「桐生さん、おつかれさまです」

いつの間にか芽依がいて、コーヒーを淹《い》れてくれた。

「再審請求の件、大変ですね。午後から依頼人の柳沢照子さんが事務所にいらっしゃるんでしょう?」

芽依はちょこんと横に座り、一緒にコーヒーブレイクするつもりのようだ。そういえばと思い出し、桐生は引き出しから袋菓子を取り出す。

「よかったらどうぞ。梅津さんと行った店で買ったんです」

「わあ、バナナチップス。食べ出すと止まらないですよね」

さくさく食感でココナッツ風味が口の中に広がる。現地ではサバチップスとでも言うのだろうか。

「英語の辞書なんて懐かしいな。いろいろ調べているようですけど、何か新しいことがわかったんですか」

つまんだチップスを口に入れながら芽依は尋ねた。桐生はルーム5から届いたメールをパソコンに表示する。

「ちょっとこれを見てもらえませんか。英語の文なんですけど……」

カーソルで色を反転させた部分を、芽依は覗《のぞ》き込む。

「ディデゥント、ユー、シー、ヤナギサワ？」

芽依の発音はカタカナ英語だった。

「この〝Didn't you see Yanagisawa?〟あなたは柳沢を見なかったか、という問いに、パメラさんは〝Yes〟と答えています」

しばらく固まった後、芽依は首を捻《ひね》る。

「イエス、は見てないじゃなくて、見たってことですよね」

「そのとおり」

にっこり笑うと芽依はほっとしたようだ。

「これって疑問否定文ですよね。私、英語がすっごく苦手で、否定形で質問されるとイエスかノー、どっちで答えるかよく間違えたんですよ」

「日本語の感覚で答えたくなりますもんね。そうやって佐伯さんが混乱するのは、フィリピンの人も同じらしいですよ」

調べていくうちにわかってきたことだ。

「我々が習ったアメリカ英語では〝見た〟は〝Yes〟で答えますが、南アジアやアフリカで使われる英語変種では〝No〟と答えるそうです」

「英語って共通語だと思ってたけど、国が違えばちょっとずつ違うんですね。こんがらがってきちゃった」

芽依は頭を抱える。

「もしかするとパメラさんが〝Yes〟と答えたのは、見てないと言ったつもりだったかもしれない。それを真逆の意味に誤訳された可能性があるんです」

えっ、と芽依は声を上げる。

「そんな根本的なところで正反対の意味かもって……そんなの誰も気づかないなんてありえるんですか」

「さっきルーム5の弁護士に確認してもらいました。前後のやりとりを見る限り、パメラさんの答えは、〝見た〟にも〝見ていない〟にもとれるそうです」

しかしその後の証人尋問は〝見た〟を前提にして行われていく。

「検察側に都合のいいように解釈されて、尋問が進められていた節があるんです」

「そっかあ、日本人でも供述弱者だとそういうことがありますよね」

ええ、と桐生はうなずく。

人間のやることだ。犯人に違いないというバイアスや、絶対に捕まえてやるという感情やらが、事実を歪めてしまうことはままある。

「まだ推測の段階ですけどね。やれるだけのことはやってみますよ」

電話しても駄目なら、パメラの店にもまた行ってみよう。

「それじゃあ、がんばってください」

芽依は微笑んで戻っていった。

ふと見ると、さっき開けたばかりのバナナチップスの袋は空になっていた。いつの間に二人でこんなに食べていたのか。

外に出るのも億劫《おっくう》だったので昼食は抜きにし、そのまま集中しているうちに打ち合わせ時間になった。事務員に呼ばれて応接室へ行く。

「桐生先生、大変お世話になっております」

柳沢照子は立ち上がって頭を下げた。心なしか顔色がよくない。そういえば前に会ったときも足元がふらついていた。

「どこか体がお悪いんですか」

「大したことありませんよ。それよりもどうですか？　うちの息子のこと、何かわかりましたか」

成果と呼べるものはないが、これまでにわかったことを報告していく。芽依と違って英語の知識がない照子には理解しづらいようだったが、時間をかけて説明した。次第に照子の目は輝いていく。

「あの目撃証言が間違っていたなんて……あれさえなければ起訴されなかったんです。無実というのは本当だったんですね」

「いえ、まだ可能性ですので」

期待が大きくなり過ぎないように慌てて釘《くぎ》をさす。

「パメラさん本人に事実確認する必要がありますが……」

店での様子や電話を拒絶されていることを話した。

「今日もこの後、パメラさんの店へ行くつもりです。話が聞けるまで粘りますので、どうか辛抱してお待ちください」

今後の鍵を握っているのはパメラだ。いつまでも大人しく引き下がっているわけにはいかない。そう思ったところで、照子は顔を上げる。

「私も連れて行ってください」

「えっ」

「パメラさんにお話ししてもらえるよう、私も一緒に頼みたいんです。先生にご迷惑はかけませんから。どうかお願いします」

突然のことに驚いたが、照子は必死だった。確かに代理の自分よりも、母親の訴えの方がパメラの心を動かせる気がする。

「わかりました」

そう言って桐生はうなずいた。

タクシーを拾うと、八王子まで行く。

隣に座る照子は緊張した面持ちで鞄《かばん》を抱きかかえている。思わぬ形で彼女と二人、パメラのもとへ向かうことになった。

「無駄足になってしまったらすみません」

「いえ、もしそうなっても先生のせいじゃありません。いろいろと親身になっていただき、本当にありがとうございます」

照子は伏し目がちに語り始めた。

「うちの息子はね、ずっと昔から私を拒絶していたんです。お前なんて母親じゃないと家を飛び出していって、再会できたのは事件の後です。判決後は面会拒否され、もう二度と会えないと思っていました」

「……そうでしたか」

照子は未婚の母だったという。親には縁を切られ、誰にも頼ることができず、夜の街で必死に働きながら息子を育てたそうだ。

「息子が犯した罪は自分のせいだと思っていました。私の育て方がまずかった。寂しい思いをさせたから、あんなことになったのだと」

事件後は地元に住み続けることができなくなり、上京して人から隠れるようにして生きてきたのだという。

「あの子が手紙をくれたときは信じられないほど嬉しくて。十八年ぶりに会った息子は別人のように優しい声をかけてくれたんですよ。体は大丈夫かなんて、そんなこと言われたのは初めてでね。無実だっていうのなら、どうにかして救ってやりたいんです」

照子は目頭にハンカチを当てる。

話を聞きながら、桐生は亡くなった母を思い出していた。

自分の母親も未婚の母だった。無理やり身ごもらされたにもかかわらず、愛情をこめて女手一つで育ててくれた。母と照子が重なる。いつの間にか、依頼人以上の感情が自分の中に芽生えていた。

やがてタクシーは雑居ビルに到着した。

フィリピン料理店『Ocampo』はビルの二階だ。狭くて急な階段を上がるのが、照子には一苦労だった。手すりもないので、転ばないように桐生が支えてやる。

「何から何まですみませんね」

「いいえ、お気にせず」

ようやく店の前に来たところで、パメラの子どもと日本人の男の子がいた。ランドセルを背負ったまま遊んでいる。仔犬《こいぬ》がじゃれあっているようで微笑ましい。

「ジャック、エン、ポイ」

日本語の〝じゃんけんぽん〟に発音がよく似ている。

「こんにちは」

話しかけると、元気な挨拶が返ってきた。

「今のって、フィリピンのジャンケンかな」

「そうだよ。〝Jack en poy〟だよ」

もしかすると日本から伝わったのだろうか。

「おみせ、入りますか」

「はい」

「おきゃくさん。どうぞ」

小さな手に引っ張られて、店の中へと入る。ランチとディナーの間の時間帯なので、店に客はいないようだ。

「いらっしゃ……」

迎えてくれたパメラの顔は一瞬で曇る。

どうも、と桐生は頭を下げた。

「すみません。何度も電話して。ただどうか、聞いてください。あのときの裁判で通訳にミスがあったかもしれないんです。何を見たのか、それとも見ていなかったのか。あなたの話を聞いて確認させてもらいたいだけなんです」

「そんなこと、ワタシ、困る」

パメラは目をそらし、うつむく。

「死刑判決が誤りだったら取り返しがつかないんです」

桐生が一歩前へ出たとき、店の奥からパメラの夫が飛び出してきた。とおせんぼするように両腕を広げ、その後ろにパメラは隠れる。

「どうかお引き取りください」

「パメラさん、何か言いにくい事情があるのかもしれませんが、あなたを責めたりは絶対にしません。だから話してください。お願いします」

深々と頭を下げるが、パメラも夫も微動だにしない。張りつめた空気の中、声を発したのは照子だった。

「私は柳沢義明の母親です。息子は無実を訴えています。死刑になってしまう前に、本当のことを確かめないといけない。パメラさんの証言だけが頼りなんです」

「…………」

「パメラさん。あなたもかわいい坊やがいるから、親の気持ちがわかるでしょう。どうか話を聞かせてください」

照子は頭を下げた。膝《ひざ》がかくんとおれて、額を地面にこすりつける形になる。パメラの夫は慌てふためいた。

「ちょっとやめてください。土下座なんてされても困ります」

だが照子は動かない。丸まった小さな背中は痛々しかった。

「柳沢さん」

桐生は照子を起き上がらせようとする。

だが隣にしゃがんで、はっとした。

照子はくずおれるように、気を失っていた。

外は夜のとばりが降りていた。

桐生は病院を出てタクシーを拾う。

救急車で運ばれた照子が意識を取り戻すまで、ずっとそばにいた。末期の胃がんらしい。調子がよくないことには気づいていたが、そこまで悪いとは思いもしなかった。宣告された余命をとうに過ぎており、担当医によると外を歩き回っているのが不思議なくらいだという。

師団坂ビルに到着し、エントランスでエレベーターを待つ。力なくぼんやりしていると背後から声がかかった。

ふくよかなえびす顔。古賀だ。こんなタイミングで会うとは……。

「柳沢義明さんの依頼を受けたそうですね」

にこやかに問いかけてきたが、やはり気づいていたか。

「もう十八年も前になりますか。最終的に死刑判決という結果ではありましたが、私は柳沢さんの弁護人として全力を尽くしたつもりです」

記録を見る限り、古賀の弁護活動はアリバイの立証に重点が置かれていた。柳沢はバイクでドライブ中だったというが、それを証明するのは困難だったようだ。

自分が死刑判決を許してしまった事件に若造が挑もうとしている。古賀の立場からすれば決して心地いいものではあるまい。そう思っていると、こちらの内心を察したように、古賀は微笑んだ。

「私に遠慮する必要などありませんよ。弁護人は依頼人のために全力を尽くすべきですから。それよりどうです？　再審請求の可能性は。何か手がかりは見つかりましたか」

問われ、桐生は顎に軽く手を当てた。

「まったくない、というわけではありません」

「どういうことなのか説明してくれますか」

「ええ」

隠したところで仕方ない。うなずくと、桐生は語っていく。目撃証言に誤訳があるかもしれないこと、パメラの様子がおかしいことなど……。

「なるほど。法廷通訳に注目しましたか」

古賀は面白そうに眼を細めた。

「パメラさんの証言を覆せれば可能性はあります」

エレベーターが到着した。何度か見送っていたが、ようやく二人は乗り込む。古賀は窓の外を眺めながら、つぶやくように言った。

「あの裁判はバベルの塔みたいなものだったかもしれませんね」

「バベルの塔、ですか」

「ええ。大昔、人は天まで届くバベルの塔を作ろうとして失敗した。神の怒りを買って、多言語が生まれたせいです」

古賀の視線の先にはスカイツリーがそびえ立っている。

「言葉がうまく通じていたら、真実まで届く塔を作ることができたのかもしれません。ただそれは極めて困難でしょう」

古賀は両手を後ろに組む。

「どうか頑張ってください」

にやりとして、エレベーターを先に降りていった。

言葉通りに受け取ればいいのか、お前にできるはずがないという皮肉なのかよくわからない。まあいいさ。こっちだって簡単にいくとは思っていない。

ルーム1に入ると、どさりと鞄を机に置く。

そのまま窓の方へ足を進め、ライトアップされたスカイツリーを見上げた。

4

南野の控訴審の朝、東京は曇り空だった。

鷹野は一人、タクシーの後部座席で事件記録を見ている。検察側から犯行の計画性について蒸し返されているが、控訴審でひっくり返されることはまずあるまい。

さっきからタクシーが進んでいかない。この先で事故があったようで、車が数珠《じゅず》なりになっている。

「こりゃ駄目みたいですね」

タクシー運転手はお手上げだと言わんばかりだ。時計を見ると、思ったよりも余裕がない。歩いた方が早そうだ。

「ここでいいです」

精算を済ませて、鷹野はタクシーを降りた。

裁判所が見えてきたとき、向かい側から誰かがやってくる。

一ノ瀬《いちのせ》眞人《まこと》。東京地検の検事だった。気づかないふりをして通り過ぎようとしたが、呼び止められてしまった。

「鷹野先生、これから南野の控訴審ですよね」

「ああ、そうだが」

「あなたの最終弁論、胸を打たれましたよ」

そう言って一ノ瀬は微笑んだ。

「ですが後悔はありませんか。犯罪史上に残るような凶悪犯なのに、無期懲役が確定すれば南野には手出しできなくなる」

確かに南野が殺したのは今回の事件の被害者だけではない。少年時代に静岡《しずおか》で一家三人を惨殺し、その真相を調べていた久美子も殺したのだ。

「残念ですよ。あの悪魔を死刑にできなくて」

一ノ瀬は南野の過去をほのめかすことで、鷹野の復讐《ふくしゅう》心を利用しようとした。弁護士に裏切らせることで被告人の死刑を狙った、とんでもない検事だ。

「悪魔を更生させることはできませんよ」

ふっと笑って、一ノ瀬は去っていった。

鷹野はその背中を軽くにらんだ。控訴審を前にこちらの気持ちをへし折ろうとしているのか。まあいい。こんなことで揺らぐなら、途中で弁護人など降りている。

「鷹野さん、おはようございます」

裁判所前で待っていたのは杉村だった。この事件はもともと彼が担当していた。

「頑張りましょう」

さてと、これからが本番だ。

法廷の扉を開けると、検察官が待ち構えていた。傍聴席には人があふれている。

傍聴席の一番前に、遺族たちが遺影を手に座っている。

あれから南野は、遺族に宛てて謝罪の手紙を書いた。その受け取りは拒否されたが、一字一句に心がこもっているように感じられる手紙だった。母親の死と引き換えに、大きな変化が起きている。

やがて裁判官が入廷してきた。起立、礼があって席に着く。

久美子、俺は戦うよ。

お前を殺したあいつを救うために。

5

しばらく日が流れた。

その日、桐生は別の事件で警察署に接見に来ていた。

逮捕された被告人はブラジル人で、日本語は片言だ。

「ころすつもり、なかった」

その被告人は繰り返していた。殺意はないという意味にしかとれなかったが、途中からおかしいと思い始め、次第に言いたいことがわかってきた。相手に殺されそうになったのでやむなく抵抗した。つまり正当防衛だと言いたかったようだ。

「ふう」

事件のあらましを把握するころには日が暮れていた。いつもの倍以上に疲労感がある。

スマホのニュースに南野一翔の記事が出ていた。

控訴審の結果は無期懲役。第一審と同じだ。鷹野は自分の信念のもと、愛する人を殺した男を弁護した。本当にすごい人だと改めて思う。俺も俺の事件に全力を尽くしたい。

バベルの塔。

古賀が話していた言葉がふと蘇《よみがえ》る。

もしパメラが言葉の通じる日本人だったら、あの裁判はどうなっていただろう。考えても仕方のないことだが、ひょっとしたら結果が違っていたかもしれない。

着信履歴が並んでいるのに気付く。登録していない番号だった。誰からだろうと思っていると、スマホが振動する。同じ番号が表示されていた。

「もしもし」

電話に出ると、しばらく間があって女性の声が聞こえた。

「桐生センセですか」

独特のイントネーション。電話をかけてきたのはパメラだった。

「お話ある」

「えっ」

「お店、来れますか」

「大丈夫です。今すぐ行きますので」

慌てて通話を切り、タクシーに飛び乗った。


フィリピン料理店『Ocampo』の入口には、臨時休業の札が貼ってあった。

電話が繋《つな》がるまでずっと待っていたようだ。ドアノブに手をかけようとする前に、ゆっくりと扉が開く。

「……パメラさん」

「柳沢さんのママ、体、元気なりましたか」

心配そうに聞いてきた。桐生は微笑んで見せる。

「病院にいます。お医者さんがいるので安心ですよ」

「そうですか」

店の中へと招かれ、桐生はカウンターの席に座る。

今日もパメラの子どもがいた。母親に甘えるようにくっついている。その真っすぐ切りそろえられた前髪を、パメラは優しくなでた。

「柳沢さんのママ、似てたよ、ワタシのママと。子どものこと、一番大事。よくわかる」

パメラの夫が奥から出てきた。こちらに軽く会釈をした後、男の子を連れて外へ出て行く。それを見送ると、パメラは覚悟を決めたようにこちらを向いた。

「見てないよ」

「はい？」

「ワタシ、柳沢さん、見てない」

はっとして桐生はパメラの顔を見つめた。

「ではあの夜、あなたは何を見たんですか」

「光星」

短い一言が心に刺さった。

「ケンカ怖い、隠れてた。社長さんたち、ころされてたよ」

桐生は公判記録のコピーをカウンターの上に広げた。

「これを見てください。"Didn't you see Yanagisawa?" あなたは柳沢さんを見なかったか、という質問に、あなたは"Yes"と答えている。パメラさん、これはどういう意味で言ったんですか」

示した文をのぞき込んで、パメラは首を横に振る。

「ワタシ、見てない意味で"Yes"言った」

「やはりそうですか。だったらどうして違うと言わなかったんです」

「日本語、よくわからなかった。意味、違うことわからなかった」

ごめんなさい。叫ぶように言うと、パメラは両手で顔を覆って泣き始めた。

「一生懸命、答えた。だけどコトバ難しい。どうして死刑？　おかしいなって……でも検事さん、刑事さん、みんなダイジョブって」

かける言葉が見つからないまま、桐生はパメラの興奮が落ち着くまで待っていた。何ということだ。この事実に気付く者が一人もいなかったとは思えないが、黙認されてしまったのかもしれない。

鼻をすすりながら、パメラは顔を上げる。

「恋人だった。ワタシと光星」

「え……」

「ころされた社長さん、ワタシほしい言った。イヤ言ったけど、フホウタイザイで追い出すって。それは困る。フィリピンの家族みんな、ワタシのかせぐお金待ってる。だからワタシ、社長さんのモノになった」

桐生は黙ってパメラの言葉を聞いた。

「光星、すごく怒った。ころしてやる言ってたよ」

鈴木光星は松本社長と接点がないと思われていたが、動機も殺意もあったということか。公判記録に全くない話だった。

「ワタシ、日本いること問題あったから、ポリスに近づけない。だけど、光星死んだ。理由知りたくて話聞いてたら、モクゲキショウニンにされた」

パメラは嗚咽《おえつ》を漏らした。すぐに通報せず、遅れて証言することになった裏にはそういう事情があったのか。

何ということだ。この告白が正しいなら、柳沢の有罪証拠は消えてなくなる。

「勇気を出して打ち明けてくださったこと、感謝します。あなたのおかげではっきりとわかりました。俺は柳沢さんの死刑を止めなくてはならない。パメラさん、今度こそ本当のことを証言してはもらえませんか」

ささやくように声をかけると、パメラはゆっくりと顔を上げた。

「はい」

この証言があれば、再審請求は認められるだろう。

パメラの夫と子どもが戻ってくるのを待って、桐生は店を後にした。

つい早足になる。

拘置所にタクシーで乗り付けた桐生は受付を済ませ、エレベーターで接見室へと向かった。パメラが話してくれたことは、あまりにも大きい。現場で柳沢を見たという証言がくつがえった。

もし今の状況で自分が裁判官なら、どういう判断をする？　目撃証言は消え、被告人は無実を訴えている。他の間接証拠は有罪を示しているとはいえ、これでは到底、有罪判決は出せない。最終的に選ぶのは、無罪判決だ。

　接見室に柳沢がやってきた。

　この朗報を彼はどう受け止めるだろう。

「柳沢さん、落ち着いて聞いてください」

　自身にも言い聞かせるように、桐生は切り出した。

「状況が一気に変わりました。パメラ・オカンポ……彼女があの時の目撃証言を撤回したんです。あなたのことは見ていないって」

　柳沢は呆気《あっけ》にとられたような顔をしたが、無理もない。桐生は微笑みかける。

「再審請求が現実に近づいてきましたよ」

「そう……ですか」

　どこか他人事《ひとごと》のような反応だった。よく見ると、柳沢の目が充血していることに気付く。頰には涙の跡があった。

「桐生先生、すみませんが再審請求はもういいんです。俺は死刑になるべき人間なんですから」

「柳沢さん、急にどうしたんですか」

　控訴を取り下げた時と同じように、突然戦意を喪失してしまったのだろうか。ようやく光が見えてきたというのに。

「パメラさんはあなたを目撃していなかったと言っているんですよ」

「そりゃあ、たまたま気付かなかっただけでしょう。だって俺は光星と一緒にあの現場にいたんですから」

狐につままれたように、桐生は瞬《まばた》きする。

「あなたが、現場に？」

「そうです。松本社長を殺したのは俺です」

「えっ」

「俺が金を盗もうと計画して、光星を巻き込んだんですよ」

頭が真っ白になりながら、桐生は言葉を失っていた。

「覆面して侵入し、松本社長に包丁を突きつけたんです。金庫の番号を教えろってね。そうしたら思いのほか激しく抵抗されましてね。大人しくしろって包丁の柄で殴りつけようとしたら、首に刺さっちゃったんですよ。すごい出血でね」

俺が殺したんです、と柳沢は嚙《か》みしめるように言った。

「もう死んでいる松本社長を、どういうわけか光星はめった刺しにしていた。あいつは他の二人にも手をかけたが、刺したのは一回ずつだった。なんで松本社長だけって思っていましたが……そうか、パメラはあいつの思い人だったんですね」

そう言って柳沢は少し笑った。少しずつ思考が整理されていく。

「このことを古賀先生には？」

「言ってませんよ。だって強盗致死は死刑か無期懲役しかないんでしょう。光星が生きていたら死刑だったって先生は言っていた。当然、首謀者の俺も死刑だ。だったら正直に話すよりも無関係で押しとおした方がいい。上手《うま》くいくと思ったんだけど、はは……神様はお見通しか」

すべてを打ち明けたせいか、柳沢はすっきりした顔になっていた。

「柳沢さん、どうして急に本当のことを話す気になったんです？」

問いかけに、柳沢はゆっくりうなずく。

「母が死んだそうです。ついさっき、連絡がありました」

「照子さんが……」

「ずっと面会拒否していた母に手紙を送ったのは、病気で長くないと知ったからなんです。散々苦労をかけた母に、最後くらい希望をもたせてやりたかった。でもその必要も、もうなくなったんですよ」

柳沢は大きく息を吐き出す。

「俺は自分のことしか考えない大馬鹿野郎でした。そんな俺でもね、死刑判決を受けて塀の中で暮らすうち、犯した罪の重さが身に染みるようになっていったんです。一生かけても償いきれるもんじゃないってね」

「柳沢さん」

「酷《ひど》い息子だったのに母は信じようとしてくれた。弁護士まで頼んで、残されたわずかな時間を俺のために使ってくれたんです」

「………」

「本当はわかっていたんです。俺は死刑になって当然だって。桐生先生、俺の嘘で振り回しちまって本当にご迷惑をおかけしました」

深く頭を下げた後、柳沢は涙を見せた。

「母が待っているって思うと、死刑も少しは怖くなくなるかもしれません」

桐生は口を開いたまま、何も言えなかった。

柳沢は公判の際、他人のことなど顧みない自己中心的な男と評されていた。実際、そうだったのだろう。しかし長い年月は柳沢を変え、今は人の心を取り戻したように映る。

苦い思いを噛みしめつつ、桐生は東京拘置所を後にした。

6

火葬場から煙が上っている。

照子の葬儀はごく一部の身内だけで粛々と行われた。死刑囚の母ということで、人づきあいも途絶えたのだろう。

柳沢に初めて接見してから、三か月あまり。死刑囚の冤罪《えんざい》を晴らさんとする戦いは、バベルの塔のように幻に終わった。

照子と最後に言葉を交わしたのは、一緒にパメラの店へ行ったときだったか。

今思えば、挑もうとした壁は大きすぎた。

確定した死刑が覆るなど、よほどのことだ。おそらく古賀はわかっていたのだ。柳沢柳沢は有罪だと。それなのに俺は気付かなかった。そんな言いようのない敗北感がある。

同じ建物で他の人の葬儀も行われている。こちらは多くの参列者でにぎわっていた。

「おばあちゃん、何で寝てるの？」

孫と思《おぼ》しき子どもの声で、周りがすすり泣く。偲《しの》ばれつつ花が捧《ささ》げられていく様からは、その人生が豊かなものであったことがうかがえる。照子の葬儀と比べて、やりきれない思いに駆られた。

このまま自宅へ帰ろうかと思ったとき、スマホに連絡があった。鷹野からだ。

「柳沢の件、どうなった？」

再審請求をあきらめるという報告書を見たのだろう。

「それですが……今、彼のお母さんの葬儀会場にいます」

詳しいことを話していく間、鷹野は黙って耳を傾けていた。桐生が説明を終えると、少し間を空けて鷹野は尋ねた。

「それで桐生、どうする気だ？」

「はい？」

どうすると言われても、やりようがない。

「通訳ミスがあったのなら、死刑は止めなければいけない。桐生、お前がやれないなら、俺がやる」

「え、どういうことです？」

問いかけに答えることなく、鷹野は通話を切った。

通訳ミス？　確かに事件現場で柳沢を見たというパメラの証言は間違いだったが、柳沢本人が罪を認めているのだ。パメラの証言に通訳ミスがあったところで意味はない。だが鷹野は言っていた。死刑は止めなければいけないと。さっぱりわけがわからない。

桐生は最後の接見を思い出す。事件に関する柳沢の告白が嘘であるとは思えない。柳沢は計画を首謀し、松本社長を殺している。

「通訳ミスなど関係なく、柳沢は強盗殺人犯だ」

口に出したとき、はっとした。

強盗殺人犯？

鷹野の言う通訳ミスとは、こういうことだったのか。

こんなにわかりきったことが見えていなかったなんて。俺は何をやっていたんだ。しばらく桐生はこぶしを握り締めながらうなだれる。

「桐生くん」

顔を上げると、いつの間にか一人の男が目の前にいた。

「古賀先生……」

葬儀場に来ているとは思いもしなかったが、彼も照子の死に際し思うところがあるのだろう。

「桐生くん、再審請求をやめたそうですね。詳しく聞かせてくれませんか」

古賀はいつものように微笑んでいた。

「その前に古賀先生、一つ教えてください」

「うん?」

「先生は柳沢さんが無実ではないと知っていたんですね」

指摘すると、古賀は苦笑いした。

「薄々ね」

やはりそうだったか。

「再審請求をやめる。さっきまでそう思っていましたが、それを撤回します」

「どういうことですか」

「柳沢さんは自分が事件の首謀者だったと認めています。松本社長を殺したことも。でも彼を死刑にさせてはいけない。それが弁護人の責務だと思います」

桐生は毅然《きぜん》と言い放つ。

「問題は、通訳ミスにあったんです」

「パメラさんの目撃証言は間違いだったと?」

「はい。ですが私が問題だというのはそのことじゃない。通訳できていなかったのは古賀先生、あなたなんです」

心なしか古賀の視線が鋭くなった。

「私が？　どういう意味かな」

「依頼人である柳沢さんに対して、法律用語をうまく説明できなかったということです」

そう言うと、古賀は上目遣いにこちらを見る。

「柳沢さんはこう訊《たず》ねたんでしょう？　鈴木光星が生きていたら彼は死刑ですか？　と。古賀先生、あなたは死刑だと答えた。だから柳沢さんは今も思い込んでいるんです。鈴木が死刑なら、首謀者である自分も死刑になるしかないと」

二人は共謀共同正犯だ。たとえ実行行為を行っていなくとも、共犯者と同じ責任を負う。

「ですが柳沢さんは金を奪おうとしていただけで、松本さんを殺そうとして刺したわけではない。死の結果については傷害致死の限度でしか責任を負いません。殺人の故意がない場合に死刑はない。古賀先生、あなたはそのことが柳沢さんに伝わるように説明できていなかったんじゃないですか」

古賀のえびす顔は、いつの間にか崩れていた。

「通訳ミスとはそういう意味ですか」

柳沢の罪の告白を受けて、あまりのショックに大事なことを見落としていた。彼の話す通りなら、強盗殺人ではなく強盗致死。情けないことだが鷹野に言われなければこのまま終わらせてしまっていたかもしれない。

——強盗が、人を負傷させたときは無期又は六年以上の懲役に処し、死亡させたときは死刑又は無期懲役に処する。

刑法第二百四十条には、殺人の故意がある場合とそうでない場合が区別されることなく書かれている。だがその二つはまるで違う。殺人に故意がある場合は死刑になりうるが、故意のない場合は数年の懲役で済むこともある。少なくとも殺意のなかった柳沢は、死刑にはなり得ない。

しばらく黙り込んでいたが、やがて古賀は空を仰いだ。

「君の言う通りかもしれないね」

「……古賀先生」

「言い訳をさせてもらうなら、あの状況では殺人の故意がないと主張して減刑を求めたとしても厳しかった。有罪無罪で戦った方が、被告人を救える可能性がある。私は強盗致死の可能性に気づいた上で、そう判断したんです」

気持ちはわかる。殺人の故意の有無は、外形的に判断される。いくら被告人が真摯《しんし》に訴えたところで通じないだろう。殺害方法はナイフによるめった刺し。共犯者は死亡していて事実確認は不可能。首謀者は柳沢。この状況で故意がないという主張などきっと通らない。

「死刑判決後、私は控訴して量刑で戦う気でした。ですが柳沢さんは既に戦意を喪失してしまっていた。彼に対してもっと説明がうまくできていたら、そんなことにはならなかったかもしれない」

古賀は空を見上げたまま、深くため息をつく。

「ただ一番の問題は、私がそこであっさり諦めたことかもしれませんね。柳沢さんに心を閉ざされても、扉を叩き続けるべきだった。きっとそれが本当の対話。そこに言葉の壁なんてないんでしょうね」

古賀はいつもの顔に戻っていた。

「代わってくれませんか。桐生くん」

「えっ」

「もう一度、やり直す機会が欲しいんですよ。柳沢さんに過去を詫《わ》びて、彼の弁護人として再審のために尽力したい」

「……古賀先生」

「どれほど困難でも、今度こそ決してあきらめたりはしない。法律用語の通訳だけでなく、依頼人の心を理解して代弁するのも弁護人の務めですから」

言い残して、古賀は去っていく。

パメラの証言が誤りだったとしても、殺人に故意がなかったという主張が果たして認められるだろうか。確定された死刑が無期懲役以下に減刑されたケースは一度もない。

火葬場の煙は、空へ上って消えていく。そのはるか高いところまで、スカイツリーは延びていた。真実という天に届くよう、人は塔を築いていく。それでもまるで届かない。

「バベルの塔、か」

つぶやくと、桐生は高くそびえたつスカイツリーを見上げた。

第四話　歪んだレンズ

1

東京ビッグサイトには人があふれかえっている。

世界最大のマンガ同人誌展示即売会、通称コミケは大盛況だった。杉村徹平はオタクたちの凄《すさ》まじい熱量に圧倒されつつ、額の汗をぬぐう。

「すごいなあ」

おのぼりさんのように見回していると、どんと後ろからぶつかられて転倒しそうになった。体重が自分と桁《けた》一つ違いそうな男だったが、すみません大丈夫ですか、と紳士的な謝罪を受けた。向かい側からは華やかなコスプレイヤーたちが並んでやってくる。

自分も弁護士になる前は引きこもりのゲームオタクだったので、こんなにも大勢の人が明るく堂々とオタクを楽しんでいることに衝撃を覚える。テレビやネットでは知っていても、実際にその空気を感じるのは初めてだ。

感慨深く眺めていると、向こうから茶髪でホスト風の男がやってきた。両手に持った紙袋には、アニメの同人誌が大量に詰め込まれている。

「いやあ、いい買い物ができた」

七条はご機嫌だった。

半分騙《だま》されるようにして七条に付き合わされたのだが、こんなことがなければ一生来なかったはずだ。ゲームオタクだった頃の自分に見せてやりたいとさえ思う。

杉村の車まで一緒に荷物を運ぶ。会場の駐車場は出展サークル関係者しか停められないらしく、遠く離れた有料駐車場まで歩いていった。

「こんなときに限って車がなくてさ。おかげで心置きなく買いまくれたぜ」

七条は遠慮なく車に荷物を積み込んでいく。どうでもいいことだが、こいつの趣味は古いマンガやアニメに傾斜しすぎている気がする。

「あんたはコミケ、初めてだったんだな。来てみてどうよ？」

「うん、ちょっと感動したかな」

「だろ？　オタクは根暗だとかデブと痩《や》せしかいないとか、そんなふうに言われてた時代は過去の話だ。まあ昔も今も変わらず、俺のようにいけてる奴もいるがな」

七条はさらさらの茶髪をかき上げる。

「いまやオタクは世界共通語だ。経済を回し、多種多様なコンテンツで日本を支えてる。俺はお前にそれを伝えたかったんだ。来てよかっただろ」

「そうだけど恩着せがましく言うなよ。約束どおり、今度、昼飯おごれよな」

「わかってるさ。感謝してるって」

二人で車に乗り込んだ。

「いつもは妹の車で来るんだけどよ。あいつ、急に用事ができたとかで来られなくなっちまったんだ。コミケより大事な用なんてあるわけねえのにさ」

「へえ、七条くん、妹がいるんだね」

おうよ、と七条はシートベルトを締める。

「あいつはBL専門でさ。大学出てもオタ活ばかりで定職にもつかないし、兄の俺としては心配してるってわけだ」

さすがは七条の妹というべきか。だが他人事《ひとごと》とは思えない。自分もニートだった頃は家族によく心配されていた。

「いいんじゃないかな。好きなことに夢中になれるのって幸せなことじゃん。趣味に打ち込みたい時期かもしれないし、しばらく見守ってあげなよ」

そう言うと、七条はきょとんとした顔でこちらを見つめる。

「あんたって、ひょっとしていいやつ？　妹を紹介してやってもいいぞ」

「は？」

「ただし、一日でいいから妹より長生きしろ。それが約束できたらの話だ」

話が飛びすぎて、意味がよくわからなかった。

「俺は引く手あまたで困っているくらいだが、どうせあんた彼女いないんだろ」

「そうだけど、別に紹介なんていいよ」

七条の妹で腐女子……。そう聞いただけで遠慮したくなるが、理由は他にもある。

「何だ。もしかして好きな子でもいるのか」

「……そんな感じ、かな」

「だったら俺に恋愛相談するといい。さあ、遠慮しないで話せ」

どうして七条に打ち明けなきゃならないんだ。よくわからない流れになってしまったので、適当にはぐらかしながら車を走らせた。


翌朝、コミケ疲れが抜けないまま師団坂ビルにやってきた。

すぐに事務所へ向かわず、一階の売店に入る。朝飯にエッグマフィンを買うのが長年の日課なのだが、最近、ちょっとした変化があった。レジに立つ店員を見て頬が緩む。

――あの子、今日もいるな。

茶色の制服に身を包んだ女性が、笑顔で接客していた。

「ありがとうございました。またお越しください」

明るい声が響く。長い黒髪を後ろで一つにまとめ、目がくりっとしている。

杉村はエッグマフィンとペットボトルのコーラを手にする。並ぶのはもちろん、あの子のレジだ。

「ありがとうございました」

微笑みとともに差し出された袋を、両手で大事に受け取る。

何てかわいいんだろう。こんな気持ち、いつぶりだろうか。中学生の時？　いや、下手すると前世までさかのぼってしまうかも。きっと彼女は僕より十歳くらい年下だ。もしかするとまだ十代かもしれない。きもいとか思われたらどうしよう。

至福のひとときから一転、悶々《もんもん》としながらイートインコーナーで朝食を取る。それが日常になりつつあった。

こんなこと七条に話せるものか。きっと女々しい奴だと馬鹿にされるだろう。

ため息をつきながらルーム1に入ると、シニア・パートナールームから鷹野が顔を出した。

「ちょっと来い。お前に頼みたい案件がある」

その一言で、背筋が伸びて緊張感が走る。

「何でしょう」

「ストーカー殺人の否認事件だ。やれるな？」

「はい」

出勤早々、鷹野は手厳しい。やれないなんて言えるわけがないのに。サポートに芽依も呼ばれて部屋へ入ると、鷹野から詳細が語られた。

「依頼人は服部永太《はっとりえいた》、四十一歳。予備校講師だ。女性の自宅に侵入して殺害した容疑で逮捕されている。被害者は片山広香《かたやまひろか》、二十一歳の大学生。服部の元教え子だ」

片山広香は頭部から血を流して死亡していた。床には大理石でできた置時計が血まみれで転がっており、凶器と断定された。発見したのは被害者の妹。帰宅して惨事を目の当たりにし、今はショック状態だという。

芽依は眉《まゆ》をひそめながら尋ねる。

「容疑を否認しているということですけど、服部さんはどうして逮捕されたんですか」

「被害者宅に侵入する男がカメラに映っていたらしい」

「それが服部さんだったと？」

「ああ。彼のつきまとい行為について片山広香は警察に相談していたそうだ。自宅周辺で何度か目撃していて、不安を感じていたらしい」

杉村は、ごくりとつばを飲み込む。

「それなのに無実の主張なんですね」

予備校で教えていた頃から女性に目をつけていたのだろうか。依頼人は悪い男だというイメージが勝手に膨らんでいく。

「まあ、詳しくは本人に聞いてくれ」

「わかりました」

ため息が出そうだが、やるしかない。

さっそく芽依と接見に向かうことになった。


地下鉄の座席に座り、鷹野から渡された資料に目を通していく。

片山広香の自宅は高級住宅地にある一軒家だった。

「妹と二人暮らしと聞いてたから、アパートかマンションだとばかり思っていたよ」

「年老いた父親の看病をしながら、長い間三人で暮らしていたんですって。父親は一年ほど前に病死したそうですけど」

芽依と話しながら歩いているうちに、警察署に着く。

接見室に現れたのは、色白で小太りの男だった。

「師団坂法律事務所の杉村です」

「佐伯です」

自己紹介すると、服部は頭を深々と下げた。

「服部です。よろしくお願いします」

杉村は正面に座り、質問を始める。

「まず確認させてください。無罪を主張されていると聞きましたが」

「はい」

杉村と芽依の間を見ながら、服部は答えた。

「事件があった日の午後七時半ごろ、あなたはどこにいましたか」

「それは……」

服部はうつむくと、親指の爪を人差し指の爪でやすりのようにこすり始めた。すぐに答えられないなんてやっぱりダメじゃん。そう心の中で突っ込みを入れつつ、杉村は続ける。

「被害者の片山さんは以前から警察に相談していたそうですが服部さん、あなたは片山さんの自宅周辺を度々うろついていたんですか」

杉村の問いかけに、爪をこする動きがぱたりと止まった。上目遣いでこちらを見る。

「どうか正直に話してください」

じっと見つめると、根負けしたように服部は小さくうなずく。

「僕は片山さんを愛しています。でもストーカーなんかじゃない。ただ見守っていただけなんです」

「見守ってただけ、ですか」

隣で芽依の顔が引きつっていた。

「僕は本当にやってないんです。殺してなんかいないんですよ」

「自宅に侵入するところがカメラに映っていたそうですが？」

「それは僕じゃありません」

強い口調で服部は否定した。

「どうか信じてください。実は僕、犯人に心当たりがあるんです。事件の日、片山さんちの周りをうろついている、怪しい男がいたんですよ」

「怪しい男、ですか」

「はい。頬にほくろがある奴なんです。大きなほくろが口元まで並んで三つ。ハアハア息を切らせて、川の方へ逃げて行きました。あいつがきっと犯人です。パーカーを着てたし、僕と似た体格でした」

服部は思いもしないことを語った。

「ということは、服部さん。その男を見たというなら、事件当時、現場近くにいたってことですよね」

「はい」

「どうしてそこにいたんですか」

「それは……彼女のために。僕が守ってやらないとって。定期的に見回っているんです」

杉村は額に手を当てた。そんなことを証言したら、ますます疑われるだけじゃないか。

「本当に片山さんを殺していないんです。僕は人殺しじゃない」

何度も呪文《じゅもん》のように、人殺しじゃないと繰り返している。

芽依の方を見ると、何とも言えない表情が返ってきた。今日はここまでにするしかないだろう。

また来ますと言って、二人は接見室を出た。

「どう思います？　杉村さん」

「何て言うか、ちょっとやばい人かも」

ストーカーではないと言っていたが、自覚がないだけのように見えた。

「ほくろの男が犯人だって訴えてましたけど」

「ううん、ほくろの男ねえ……まずは犯人が映っている映像を確認してみるのが先かな。服部さんに間違いなかったら、さすがに無実だなんて言ってられないじゃん」

「ですよね」

「事務所に帰ったら上映会だよ。あまり面白くない映像のね」

そう言って杉村は苦笑いした。

被害者宅には出入口が玄関と勝手口の二つある。その内玄関側にだけ防犯カメラが設置されている。そのカメラに犯人が侵入するところが映っていたらしい。

「それじゃあ、確認してみよう」

クリックし、パソコン画面で再生した。

玄関辺りの様子が映っている。午後七時二十八分。パーカーのフードを深くかぶった男が現れ、窓を破壊して侵入していく。その十分後、その人物は血まみれで玄関から出てくる。どう見ても犯人のようだが、顔はフードで完全に隠れてしまっている。

「わかるのは体格くらいですね」

「うん、身長は百七十センチ前半ってとこかな。太った男性だ」

特徴は服部と一致している。映像はもう少し続き、被害者の妹が帰ってくる。扉の向こうに姉の遺体があるとは思いもしなかっただろう。そう思うとやりきれない。

「犯人をとらえた映像はもう一つあるんですよね」

次に車載フロントカメラの映像を確認していく。

「被害者の家の車じゃなくて、近くに路上駐車されてた車のカメラらしいよ」

杉村は説明を付け加える。

「たまたま映ってたのが見つかったんですね」

さっそく再生すると、被害者の自宅前が映っている。時刻は午後七時三十八分。誰かが出てきた。

「さっきのみたいに画《え》が鮮明じゃないな」

「でも同じ服装の人物です。体格も同じだし、時刻もぴったり同じ。これも犯人で間違いないでしょうね」

「うん」

不意に、風に煽《あお》られてフードが取れる。

「あっ、顔が見えた」

芽依が声を上げるやいなや、すぐにフードをかぶり直してしまった。もう一度、巻き戻して再生し、ストップする。

「横顔ですね」

「佐伯さん、画像ってもっと大きくできない？」

「ええと、これが限界みたいです」

無理に大きくすると、モザイクのように画がぼやけてしまう。

「これってさ、ほんとに服部さんなのかな」

「ううん……目元や眉毛はなんとなく映ってますけど。服部さんのようでもあるし、違う気もします。ましてや大きなほくろが三つもあるかどうかなんてわからない」

そういえば犯人はほくろの男だと服部は言っていた。

「服部さんと体形は似てるけどさ、横顔だし誰だかはっきりしないじゃん」

うんうんと芽依もうなずく。

「確かにそうですよね。こんなんじゃ服部さんかどうかなんてわからない」

「いけるかも」

この程度の証拠しかないなら、何とか戦えそうだ。映っているのは別人だと服部は訴えていたし、この不鮮明な画像では誰なのかわからない。

「よう、盛り上がってるな」

杉村は振り返る。やってきたのは梅津だった。

「無実の可能性が出てきたんですよ。この画像なら服部さんが犯人かどうかわかりません。梅津さんも見てくださいよ」

そう言うと、梅津は苦笑いを浮かべた。

「希望が出てきたところで悪いが、悪い情報だ」

「えっ、何です？」

「そこに映っている男……こいつが服部永太で間違いないと鑑定したのは、滝本仁平《たきもとじんぺい》っていう大学教授だそうだ」

「間違いない？　こんなにぼやけていて顔半分しか映ってないのに？」

芽依は目を丸くする。

「ああ、そうだ。素人目にはよくわからなくても、専門家には同一人物だって判定できるんだろうな。滝本教授っていうのは、画像分析の第一人者らしいぞ」

「そんなあ」

ガッツポーズをしたばかりだというのに、へなへなと力が抜けていく。杉村はどうにかならないものかと被疑者ノートをパラパラとめくった。

目に留まったのは、下手くそな似顔絵だった。頬から口にかけて三つ並んだほくろがある。

「この男が広香さんを殺した犯人だって、服部さんは言ってましたね」

芽依が横からノートをのぞき込む。

「そんなこと言われても、こんな絵だけじゃなあ。というか犯人を捉《とら》えたカメラに映っているのが服部さんだって断定された時点で、どう考えても逃れようがないよね」

結論を口にすると、より一層、虚《むな》しさが押し寄せてきた。

しばらく沈黙が流れ、おずおずと芽依は頭を下げる。

「……それじゃあ、お先に失礼します」

「うん、おつかれ」

「俺も帰るわ」

「梅津さんも、ありがとうございました」

二人が帰ってしまうと、他には誰もいなくなった。

杉村は冷え切ったコーヒーを飲み干し、机に突っ伏す。こんな状況なら、無実じゃなく傷害致死を訴えた方がいいんじゃないか？　服部の話は全部嘘なのかもしれないし、せめて弁護士には正直に打ち明けてくれるよう頼むべきか。

「ああ、どうしたらいいんだ」

額を机に打ち付けると、思った以上に痛かった。

2

仕事をしているのがもったいないくらいの空だった。

大学のキャンパスを学生たちが闊歩《かっぽ》していく。

楽しそうな笑い声、いちゃつくカップル……まぶしいばかりの若さに嫉妬《しっと》心を覚えながら、杉村は奔走していた。

あれからも服部はかたくなに無実を主張している。映像についても映っているのは自分ではないと繰り返すばかりだ。

「どうでしょうか、先生」

「そうですねえ、かなり粗いですから判別できないんじゃないかなあ……」

これまでにも何人か画像分析の専門家を訪ねたが、すべて滝本教授と同じ鑑定結果だった。今度こそと期待が高まる中、検察側の鑑定人の名前を出すなり態度が急変する。

「滝本先生が間違いなく同一人物だって言ったんですか。確かに言われてみると、この特徴点は一致しているかもしれませんね。こっちのもそうかもしれません」

「でも先生はさっき、判別できないかもっておっしゃいましたよね？」

問いかけると、その准教授は顎《あご》に手を当てて考え込んだ。

「いや、同一人物でしょうな」

がっくり来て、研究室を出る。

依頼人の希望どおり無罪弁護の方向で動いているが、正直なところ厳しい。さっさと殺したことは認めて、傷害致死の量刑で戦えたらいいのに。その方が服部にとっても結果的に得だと思う。凶器の置時計は現場にあったものだから計画的な犯行ではない。情状を訴えるなら手はあるはずなのに、一体どうすりゃいいんだろう。

杉村は肩を落としつつ、師団坂ビルへ戻った。

売店の前まで来るが、あの子の姿はない。

そのまま通過してイタリアンレストランへ入る。

「おおい、こっちだ。お疲れさん」

梅津が手を振っている。同じテーブルに桐生、七条もいる。彼らと昼飯を一緒に食べる約束をしていた。いつもはおまけの七条だが、今日は違う。

「コミケに付き合ってくれた礼だからな。何でも食え」

「うん、何食べようかな」

メニューをめくってあれこれ注文する。デザートにティラミスまで頼んでしまった。

七条に仕事は順調かと聞かれ、ため息をつく。

「公判前整理手続があったんだけどさ。やっぱり検察側は、滝本教授の画像鑑定を証拠に殺人罪で追及していくみたいなんだ」

被告人を有罪にするには〝合理的な疑いを差し挟む余地のない程度の証明〟が必要だ。弁護側としては、画像の人物が服部とは別人であるとまで証明する必要はない。

「でも専門家の先生たちってさ、みんな同じ反応なんだよ。あの画像を見て最初はよくわからないなあとか言うくせに、滝本教授の名前を出した途端にひるむんだよ。今日、聞きに行った専門家もそうだった」

「滝本教授の影響はかなり強いようですね」

桐生の言葉に、梅津もうなずく。

「滝本はその世界の権威らしいからな。弟子がゴロゴロいるって話じゃないか。そんな王様が右って言ったら右なんだろうな」

「うん、そうみたい」

次々と運ばれてくる大皿料理に手をつけていく。うまいものをたらふく食べれば少しはストレス発散できるだろう。舌鼓を打っている途中、ふと桐生が首を傾げた。

「杉村さん。聞きに行った専門家は全員途中で意見を翻したんですよね」

「うん。そうだけど」

「だったら逆に希望がありますよ」

「はあ？」

「みんな最初は鑑定できないっていう反応だったんでしょう？　もし滝本教授が不一致という意見ならどうだったでしょうか」

「……あっ」

　杉村は顔を上げる。言われてみればそうかもしれない。必死になるあまり気づかなかった。梅津も横で大きくうなずく。

「第一人者っていっても人間だから、間違うことだってあるかもな」

「滝本教授は画像分析が重要となった事件で、検察側の証人としてよく見かけます。それは彼が権威だからというだけじゃないかもしれない。検察は自分たちに有利な証言をしてくれる専門家を好みますからね」

　そういえば今まで話を聞きに行った専門家は大学関係者ばかりだった。スマホで丹念に調べてみると、全員同じ学会に所属している。代表理事は滝本教授のようだ。どうやら面倒ごとには巻き込まれたくないというのが彼らの本心だったのかもしれない。

「権威と闘ってくれそうな専門家かあ。一体どこにいるんだろう」

　ティラミスをエスプレッソで流し込むと、七条が自信ありげな顔でこちらを見ていた。

「俺は一人、知ってるぜ。とびっきりの男をな」

任せろと親指を立てている。

どこか不安が拭《ぬぐ》えないが、だからといって他に候補は思いつかない。よろしくと言って親指を立て返した。


七条の知り合いは、異色の経歴の持ち主だった。

紹介されたCGアニメ専門学校の門をくぐる。ここの名物講師らしいが、以前は大学の研究者だったそうだ。コミケで知り合った人物で、七条いわく、そこらの専門家よりもずっと画像分析に詳しいという。扉をノックして中に入ると、ゲームやアニメグッズが散乱してカオスな部屋だった。

「こんにちは。七条くんから話は聞いてるよ」

アロハシャツを着た男の名は、箕輪小二郎《みのわこじろう》。ひげ面で長い髪を後ろで束ねている。

「さっそくですが画像を見ていただけますか」

「おう、まかしとけ」

鼻歌を口ずさみながら、箕輪はパソコンに画像を表示した。

頼むよ。祈るような気持ちで箕輪の作業を見守る。

「ふんふん、なるほど」

何かわかったのだろうか。期待しながらのぞき見ると、耳をつんざくような奇声が響いた。

「かあ！　駄目か」

　何なのだろう、この人は。心配になるが、仕事の合間に協力してくれているわけで文句など言えない。邪魔をしないように、しばらく廊下で待つことにした。

「おおい、終わったぞ」

　待つこと三十分。鑑定が終わったようだ。

　一気に緊張が走る。滝本教授と同じ結果だったなら、もはや手の打ちようがない。

「お疲れさまです。時間がかかるもんなんですね」

　杉村はねぎらうが、箕輪は首を横に振った。

「いや、全然」

「え、でも三十分も経ってますよ」

「ああ、ちょっと遊んでただけだ。声をかけてくれたら、すぐに対応できたんだがな」

　悪びれもせずに箕輪は言った。何なんだこの男は。いやそれより結果はどうだったんだ。思わせぶりなことはいいから、さっさと教えて欲しい。

「箕輪先生、それで結果はどうだったんです？」

「まあ、落ち着きなって」

　箕輪はじょりじょりと無精ひげを撫《な》でた。

「お前さん、映っているのは別人だって証明したいんだったな」

「はい、そうです。どうにも画像が粗くって……はっきりわかるようにできないんですかね。科学捜査のドラマみたいに」

「まあ落ち着け。まずは画像処理の基礎について教えてやるよ」

箕輪がマウスをクリックし、拡大する。

「こうやって拡大すると、モザイクがかかったみたいになんだろ。ピクセルっていうマス目が並んだ状態だ。こっから近接化処理をする」

ピクセルの境界がぼかされて、輪郭が少し見えてきた。

「次にガンマ補正、コントラスト調整、露出補正なんかを施していく。鮮鋭化処理ってやつだ。どうだい？　見えてきただろ」

「えっ、これって」

ぼやけていた画像は形を成していた。不鮮明だったさっきまでとは違い、顔の輪郭やパーツがはっきりと映し出されている。どう見ても服部の顔だった。

「そういうわけだ。残念だったな」

肩を叩《たた》かれ、杉村は奥歯を嚙《か》みしめる。滝本教授の鑑定は間違ってなどいなかったのだ。これだけ明確な答えを叩きつけられたなら、今度こそ諦《あきら》めるしかないだろう。

「……なあんてな。ドッキリ大成功」

「はい？」

箕輪は噴き出した。

「ごめん、ごめん。これはディープフェイク。服部の顔をはめ込んで俺が作った画像なんだよ」

からかわれていたのか……。目を凝らして画面をもう一度見るが、合成にはとても思えない。繋《つな》ぎが自然で、技術力の高さがうかがえる。

「箕輪先生。結局のところ、鑑定結果はどうなんですか」

「うん？　よくわかんねえ」

箕輪は笑いながら両手を上げる。

「わっかりませえん」

「いい加減にしてくださいよ。もう帰ります」

こんないかがわしい奴に頼んだこっちが馬鹿だった。立ち上がって部屋を出て行こうとすると、後ろから箕輪に止められた。

「おい待てって、杉村くん。俺が言ったのは、あんたにとって最高の答えのはずだろう」

「僕にとって最高の答え？」

「ああ。要するに俺はさ、この画像からはどうやっても服部かどうかはわからないって言ってるんだ」

鑑定不能……それは杉村がずっと探し求めていた答えだった。箕輪はうなずくと説明を続ける。

「ポイントは歪《ゆが》みだ」

杉村は歪みという言葉を繰り返す。

「歪みや色彩の変化が生じることはままある。だから俺がさっきやったみたいな補正が行われるんだ。だが補正後の画像は真実とは別物だ。ここはこんなふうに歪んでいるだろうっていう鑑定人の主観的判断で補正されるからな」

「主観的判断？」

「そういうこと。ぶっちゃけ経験や思い込みとかに左右されるような、曖昧《あいまい》なものなのさ。だから、俺のディープフェイク、完璧《かんぺき》じゃね？っていうのと大差ないかもしれん」

杉村は口元に手を当てる。そういうことか。ようやく箕輪が言いたいことがわかってきた。

ただ問題はここからだ。

「検察側の鑑定人は滝本教授です」

その瞬間、マウスを操作していた箕輪の指がピクリと反応する。どうやら滝本教授のことは知っているようだ。

「画像分析の権威だそうですが、それでもあなたの鑑定結果は変わりませんか」

すぐに答えは返ってこなかったが、箕輪は不敵な笑みを浮かべる。

「まったく変わらないね。そいつの鑑定方法はよくわかっている」

「どうやるんです？」

「三次元顔画像識別法だ。目や鼻、頬などいくつかの特徴点を結んでいくんだ。人の顔には二百五十六もの特徴点があるから、それらを三角測量の要領で計測して位置関係を導き出す。それで出来た3D画像とカメラ映像を重ね合わせて比較するのさ」

「指紋鑑定に似てますね」

「まあな。だがこの異同識別鑑定には指紋鑑定と違って、確立された国際基準はない。鑑定人の胸三寸で判定が決まりうるのさ」

それから説明はさらに専門的になっていく。高度過ぎて途中から理解できなくなってしまったが、箕輪が画像鑑定を熟知していることはよくわかった。

「はっきり言ってやろう。この画像は主観的判断なしでは誰の顔かなんてわかりゃしない。これが特定の誰かだと言い切る野郎はくそだ」

口は悪かったが、箕輪の表情は自信に満ちていた。

「箕輪先生、このことを公判で証言してもらえませんか」

「ああ、いいぜ」

杉村は興奮気味に箕輪の両手を握る。

最高の助っ人《すけと》を得た気分だ。誰も画像鑑定の権威が間違っているなんて思いもしないだろう。見ていろ、一泡吹かせてやる。

3

公判の日はすぐにやってきた。

師団坂ビル一階の売店に入り、エッグマフィンを手に取る。レジにはあの子がいた。

「いつもより早いですね」

顔を覚えてくれていたのか。心拍数が一気に上がる。

「今日は外へ出かけるんで」

どうしよう。いらっしゃいませ、ありがとうございました、以外の言葉をかけられる日が来るなんて。財布から小銭がうまく取り出せない。

「もしかして弁護士さんですか」

彼女の視線は、杉村の襟元のバッジにあった。

「うん、そうなんだ。これから公判でさ」

「がんばってくださいね」

エッグマフィンと一緒にファイティングポーズをもらえた。なんてかわいさだ。

その余韻に浸りながら、杉村は裁判所へ向けて出発する。最高の朝だ。僕は今、服部という男の人生を背負い、戦いに挑む。

東京地裁102号法廷。

この大きな法廷で裁判員裁判が行われる。傍聴人席には被害者の妹、片山唯香《ゆいか》が制服姿で座っていた。遺体の第一発見者で通報者だ。ショック状態だと聞いていたが、ここには来られたのか。服部に有罪判決が出ることを願って、その精神を保っているのかもしれない。

やがて検察官、裁判官が入廷してきた。

「被告人は前に出てください」

人定質問に続き、起訴状が朗読される。罪状認否で証言台に立った服部は、犯行を認めるかという裁判長の問いに対し、言葉に詰まりながらもはっきりと答えた。

「私は片山広香さんを殺していません。無実です」

すぐには席に戻らず、服部は訴えた。

「犯人は、頰に大きなほくろのある男なんです」

勝手な発言にざわめきが起きる。

「被告人は聞かれたことにだけ答えてください」

裁判長に注意を受けて、服部はようやく着席する。ため息が出そうだが、気を取り直して杉村は前を向いた。

「では証人は前へ」

恰幅《かっぷく》のいい男が前に出た。あれが滝本教授か……いかにも権威といった貫禄《かんろく》がある。

嘘偽りを述べないと宣誓すると、検察官による証人尋問が始まった。

法廷内のモニターに、車載フロントカメラの映像が映し出される。男の横顔を補正した画像と被告人の顔が重ね合わせられた。

「この鼻尖《びせん》の部分を見てください。突出が顕著です。また頭髪の生え際の輪郭、眼瞼裂《がんけんれつ》、口裂線の走行の特徴点も一致。顔全体に六か所の特徴点が一致することが確認できますよどみなく滝本は説明していく。話は途中から専門用語の羅列で理解不能になっていった。

「結論として、この映像の人物と被告人は限りなく同一人物に近いと鑑定いたします」

満足げに検察官は席に着く。

次に杉村が反対尋問に立った。あれから画像分析について随分と勉強した。専門書のコピーを配布してから質問していく。

「この専門書によると、三次元顔画像識別法では補正が主観的になるという弱点があるということですが」

滝本は首を横に振った。

「補正と言いますが、顔画像を三次元モデルからコンピューター処理をして重ね合わせていくものです。鑑定人の技術に問題がなければ、その合理性に疑問は生じにくいです」

「それは承知しております」

杉村は滝本をしっかり見据えた。

「ですがここで聞きたいのはミスがあったかどうかではありません。証人が鑑定したやり方が基準だという論文はありますか」

しばらくの沈黙ののち、滝本は首をゆっくり横に振った。

「……いいえ」

杉村は滝本が先ほど説明した画像を再度、表示して指摘していく。

「証人はさきほど、鼻尖の特徴点が一致していると言われました。その際、一致の根拠として突出が顕著ということでしたが、それに間違いありませんか」

「はい。間違いありません」

「突出が顕著とは、どの程度に達すれば顕著と評価するといった、明確な基準が存在するのでしょうか」

杉村の問いに、滝本は少し間があって答えた。

「基準と呼べるものはありません。ただ経験上、そう申し述べる以外にないかと」

「つまり判定には主観的要素が入るということですね」

「はい。ですが……」

「弁護人からは以上です」

そこで尋問を打ち切った。滝本は主観的要素を認めた。決して彼の証言を無効化したわけではないが、これでいい。裁判員たちの表情を見ても好意的だ。よし、と杉村は心の中でガッツポーズをした。

次に弁護側の証人として箕輪が呼ばれた。

髪を短くして無精ひげを剃《そ》った箕輪は清潔感があり、聡明に見える。本人は嫌がったのだが、どうにか頼み込んで身なりを整えてもらったのだ。大丈夫、うまくやってくれるだろう。

「真実だけを述べると誓います」

宣誓の後、さっそく尋問開始だ。杉村は大きく息を吸い込む。

「ではこの画像分析について、証人の意見をお聞かせください」

「はっきりと言えば、鑑定結果は信頼できません」

箕輪は誠実そうな印象を崩すことなく説明していく。

「先ほど証人は、いくつかの特徴点が一致していると言われました。しかしレンズには歪みがつきものです。それを補正することは主観が不可避になりますし、証人も認めたところです。補正に主観が混じる以上、その信頼性は低くなることは誰もが理解できると思います」

「他にも問題があれば教えてください」

「はい。そもそも人の顔の表面はとても柔らかく、重力や表情によって絶えず変化しているものなのです。突出が顕著などと評価するには、統計データから徹底した検証が必要になります。ですが今回の場合、それが示されていません」

箕輪の説明は、難解だった滝本の説明よりもわかりやすいものだった。裁判員や傍聴人たちにも届いているという手ごたえを感じる。

「……よって、この映像から被告人と同一かどうかの結論を出すことはできません。鑑定不能、それが私の意見です」

「弁護側からは以上です」

拍手を送りたいほど完璧な出来だ。傍聴席にいる滝本はぐっと歯噛みしている。七条のオタク仲間、箕輪は本当に心強い助っ人だった。

専門家によって鑑定結果がこれだけ違ってくるというのは恐ろしいと思う。箕輪の指摘がなければ、誰もが滝本の鑑定結果を疑わなかっただろう。画像分析の権威という事実が、みんなのレンズを歪めていたともいえる。

「では検察官からお聞きします」

検察官が箕輪に反対尋問を開始した。

「証人は画像分析について、どれだけ論文を発表されていますか」

「裁判長、本件と関係ありません」

杉村はすぐに異議を申し出る。

「証人の信頼性に関することですので関係しております」

「異議を却下します。続けてください」

裁判長に言われ、箕輪の表情が曇った。こんなことを聞いてくるとは思わなかったが、箕輪は研究者時代に書いた論文を列挙していく。

「では、証人と滝本教授の関係を教えてください」

「それぞれ弁護側と検察側の証人ってだけですよ」

検察官は首を横に振った。

「あなたは個人的な感情から、滝本教授の鑑定結果に批判的な立場をとっているのではありませんか」

「そうじゃない」

「では滝本教授のことをどう思われていますか。お聞きしたいのは十年前についてです。画像分析に関する論文で、あなたは滝本教授とトラブルになりませんでしたか」

「それは……」

口ごもる箕輪に杉村ははっとする。寝耳に水だった。滝本と箕輪の間にそんな因縁があったなんて全く知らない。呆然《ぼうぜん》としていると、箕輪は滝本をにらんだ。

「くそ野郎だよ、滝本は」

顔が紅潮し、肩が震えている。

「そいつは俺が精魂込めて書き上げた論文を盗みやがった。それを俺が指摘したら、大学にいられなくなるように裏で手を回しやがったんだ」

とにかく落ち着くようにと、身振り手振りで訴える。だが一度ヒートアップした箕輪は止められなかった。彼の視線の先にいた滝本の頰が少し緩む。

「おい、何がおかしいんだ」

箕輪はつかつかと滝本の方に歩いていく。側にいた刑務官がそれを止めに入った。

「信じるな！　こんな奴の言うことはでたらめだ！」

叫びながら箕輪は連れ出されていく。その一部始終を、全員が呆気《あっけ》に取られて見ていた。

「以上です」

検察官は満足そうに席に戻った。

ため息さえ出ない。おそらく印象は最悪だ。

「では本日はこれで」

その日の公判は終了した。

こんなことになるなんて。画像分析についての意見は、贔屓目《ひいきめ》なしに見ても箕輪の方が論理的で筋が通っていた。箕輪と滝本の事情は本件とは関係ないのに、突発的な事故で全部ぶち壊されてしまったみたいだ。

杉村は落ち込みながら荷物をまとめる。

帰ろうとしたとき、視線を感じて顔を上げた。そこにいたのは制服の少女だ。

「どうしてあんな人を弁護するんですか」

被害者の妹、片山唯香が眉間《みけん》に深いしわを寄せていた。

「お姉ちゃんにあんなことをして、絶対に赦《ゆる》せるはずがない。弁護士さん、犯人の味方をするあなたも憎くてたまらない」

だろうなと杉村は思った。

唯香はまだ何か言いたそうだったが、すぐに言葉は発しない。黙ってそのまま待つと、やがてその唇が動いた。

「一つ聞きたいんです。あいつが言っていた、ほくろの男っていうのは何なんですか」

そのことか。そういえば罪状認否のとき、服部は勝手に発言していた。

「あなたの家の周りでうろついているのを見たそうです。そいつが犯人だと服部さんは訴えているんです」

杉村が左側の頰を指差すと、唯香の顔色が変わった。

唯香は厳しい視線をこちらに向ける。いや、その瞳《ひとみ》は杉村を捉えていない。どこか虚空を映しているようだった。

「どうかしましたか」

尋ねるが彼女は何も言わず、そのまま走り去ってしまった。

杉村は大きくため息をつくと、法廷を後にした。

4

厳しい状況になった。

そう言わざるを得ない。箕輪の証言で一気に決めるつもりだった。しかし今、その流れは崩れ去り、完全に弁護側が劣勢だ。

接見に出向くと案の定、服部は奈落《ならく》の底に落ちたような顔をしている。

「もう全部おしまいだ」

服部は椅子の背に深くもたれて天井を見上げた。

しばらく二人とも黙っていたが、やがて服部の方から口を開く。

「僕は本当に無実なんだ」

泣きそうな声だった。

「何なんだよ、あの箕輪とかいうやつ。もっともらしいことを言ってたくせに、派手にぶち壊しやがって」

本当にその通りでぐうの音も出ない。

「あいつって初めから滝本とグルだったんじゃないのか」

「さすがにそれはないですよ、服部さん。あれから箕輪さん、ものすごく謝ってましたから」

「そんなこと言われたって信用できないね。こっちの味方に見せかけて、結局は滝本の引き立て役だったじゃないか。僕ははめられたんだ」

服部は取り乱していて聞く耳をもたない。

「確かにあんなことになるとは思いもしませんでしたが、うまくフォローできなかったのは僕の力が足りなかったせいです。申し訳ありません。全部、僕のせいです」

悔しくてたまらないが、頭を下げるしかない。

「くそ！　この先どうすりゃいいんだ。このままじゃ殺人犯にされてしまう」

「どうか捨て鉢にならないでください。何とか道を探っていきますので」

服部はこちらに厳しい視線を送った。

「だったら、ほくろの男を見つけ出してくださいよ。左の頬に大きなほくろが並んで三つある男っていったら、そんなにはいないでしょう」

「……はあ」

「似顔絵だって描いたでしょう。そいつが犯人なんですってば」

混乱気味に服部はそう言った。

ノートに描かれた絵をもう一度見るが、これだけで見つけ出すなんてできっこない。

また来ますと言い残して、杉村は接見室を出た。


師団坂ビルに入ると、売店の方をちらりと見た。

せっかく応援してくれていたのに、合わせる顔がないや。

そう思って売店の前を通らず、エレベーターの方へと歩いていく。

朝、あの子と会話したときは舞い上がって意気揚々としていたのに、公判で木っ端みじんに粉砕された。僕が弁護士だと知ってどう思ったかな。ドラマで見るような、かっこいいイメージが浮かんだかもしれない。

だけど今日の僕は、史上最低の気分だ……。

ため息をつきながらエレベーターを待つが、やっぱり気になって振り返る。すると、あの子が店の扉を開けて出てきた。

いつも着ている茶色の制服じゃない。仕事が終わってワンピースに着替えた彼女はまぶしいくらい綺麗《きれい》だった。

どうしよう、勇気を出して話しかけてみようか。

だが彼女は誰かを見つけて、笑顔で走り寄っていく。待っていたのはサングラスに茶髪の男。彼女の背中に手を伸ばし、親し気にしゃべっている。客と従業員？　いや、そんな雰囲気はまるでなく、どう見ても恋人同士だ。

ずきりと胸が痛む。

あんなかわいい女の子、付き合っている彼氏がいて当然じゃないか。僕は何を期待していたんだろう。

「はは、何もかもが砕けちゃったよ」

悔しいやら情けないやらで心がつぶれてしまいそうだ。

ふらつきながらエレベーターに乗る。

ルーム１に戻って、芽依に尋ねた。

「鷹野さんは？」

「いませんよ。ついさっき公判へ出かけたところですから」

何てことだ。こんなときに相談することさえできないとは。がっくりきていると、梅津に肩をぽんと叩かれた。

「随分と追いつめられているようだな」

「梅津さん……僕もう、どうしたらいいんでしょうか」

「飲みに行くなら付き合うぞ」

「はい」

勝負所だった専門家同士の証人尋問も終わり、残りは被告人質問くらいしかない。画像分析は滝本教授の鑑定結果に軍配が上がっているし、無実を証明できるものなど何もない。それなのに服部はこの期に及んで、ほくろの男を探せだなんて無茶ばかり言う。くそ……。

頭を抱え込んだときに、明るい声が響いた。

「こんにちは。失礼します」

「えっ」

顔を上げると、目が点になった。事務所に入ってきたのは、売店のあの子だった。どうしてここへ？　呆気に取られていると、後ろの茶髪男がサングラスを取る。まさかの七条だった。

「ここがルーム1だ。刑事弁護ばっかで金にならねえとこさ」

七条が偉そうに案内している。引く手あまたのモテモテだと自称していたが、よりによってあの子まで……。七条は鷹野不在のシニア・パートナールームを指差した。

「あの部屋は、いずれ俺のものになる予定だ」

誰も突っ込まないので、勝手なことばかり言っている。

「菜々瀬《ななせ》ちゃん、売店のバイトはもう慣れた？」

芽依が親しげに話しかけた。彼女と知り合いなのか。ずっと知りたかった名前をようやく聞けたのに、今はむなしさしかない。遠い目で見ていると、七条がこちらを振り返った。

「この前話しただろ、俺の妹だ」

「え、ええっ！」

開いた口がふさがらない。心臓が口から出そうで、目の前が真っ白で、とにかく人生で最大級の驚きだ。

七条の隣で菜々瀬は微笑んだ。

「同じ事務所の弁護士さんだったんですね。兄がいつもお世話になってます」

なんてことだ。イメージとまるで違う。まさか売店の天使が七条の妹だったなんて。こんなことなら素直に紹介してもらえばよかった。いや、待て。一度は断ってしまったが、まだその話は有効なんだろうか。

めまぐるしく思考が駆け巡る中、七条は髪をかき上げた。

「下の売店でバイト募集してたんで、俺が妹に教えてやったんだ」

「一度、兄の事務所が見たかったので連れてきてもらったんです」

「菜々瀬ちゃん。コーヒー、紅茶、どっちがいい？」

芽依がテーブルにお菓子を広げ、女子会のようになっていった。

杉村は呆《ほう》けた顔で、菜々瀬と七条を交互に見比べる。

どう見ても信じられないが、それは僕の勝手な思い込みのせいだろう。七条の妹でB

Lオタク。そう聞いて、変な子だとばかり想像していた。

思い込み、か。

そういえば僕はずっと思い込んできた。この事件、滝本が鑑定した車載カメラの画像を何とかしないといけないって。だが本当にそうか？　もう一度、ゼロから考え直してみよう。

「さてと、帰るか」

「お忙しいところ、おじゃましました」

礼を言って、菜々瀬は七条と帰っていく。

誰もが何事もなかったように業務に戻るが、杉村は一人、立ち尽くしていた。

「杉村さん、どうかしましたか」

芽依の呼びかけに答えることなく、杉村は飛びつくようにパソコンを開いた。防犯カメラに捉えられた犯人の映像を確認していく。何度も繰り返して再生していく内に、気になることが出てきた。

「そういえば、カメラは二つでしたね」

横から芽依がのぞき込む。

「うん。僕らはずっと車載フロントカメラに映った顔にこだわっていたでしょ。でもこっちの映像にもヒントはあったんだ」

犯人が被害者宅へ侵入し、しばらくして逃げていく様子が映っている。

「特に何も映ってないじゃないですか」

「大事なのは、見えざるものだよ」

杉村が言うと、芽依は目を瞬かせた。

「見えざるもの？」

杉村はうなずくと、画面に表示されている時間をリーガルパッドに書きだす。

「僕は思うんだけど、被害者の妹、唯香さんは逃げていく犯人と鉢合わせしていた可能性がある」

「えっ」

芽依は目を丸くした。検察側から語られた、唯香の帰宅と通報した時刻、二つのカメラの位置と、唯香が帰宅したルートも書いていく。

犯人が出ていった時刻は午後七時三十八分。唯香が帰ってきたのは七時四十五分だ。服部の証言では犯人が川の方に逃げていったという。唯香が来たのもその方向だ。途中ですれ違っていた可能性はゼロじゃない。

「実は公判の後、彼女に話しかけられたんだ。ほくろの男のことを知りたがっていた」

唯香は事件後ショック状態だったらしいが、それは姉が殺された現場を見てしまった他にも理由があったからではないのか。唯香は犯人を見たとは言ってない。だが見てないとも言っていないのだ。

「あの反応は普通じゃない。ほくろの男を知ってて僕に聞いているような感じだった」

「でもそうだったら、どうして黙っているんでしょうか」

「服部が犯人に間違いないと、周りの大人たちがみんなして騒いでいる。そんな状況で違うって言える？　一瞬見ただけの自分の記憶の方が間違いだって、そう思っちゃうんじゃないのかな」

杉村は続けて言った。

「服部さんが犯人だっていう思い込みで、唯香さんは自分の目で見た記憶を閉じ込めてしまっているんじゃないのかな」

「今から唯香さんに証言してもらえるよう説得するんですか」

信じられないといった顔で芽依が聞いてきた。

「あの調子じゃ難しそうだ。一か八か、強引にいくしかない」

「というと？」

「証人申請だよ。唯香さんを目撃証人として呼ぶんだ」

弁護側に不利な証言をされる可能性もあるし、全くの見立て違いということもある。

だが一発逆転を狙う方法は他に思い浮かばない。

「こんな状況で証人申請が認められますかね」

芽依は乗り気ではないようだが、これにかけるしかない。

「やってみるさ」

杉村はこぶしを固めた。

公判は再開された。

証人申請は認められ、片山唯香への証人尋問が急遽《きゅうきょ》、行われることになった。

「杉村さん。ほんとに大丈夫ですか」

ここまで来て後戻りなどできないのに、隣に座る芽依は不安そうだ。

「唯香さんは何か知っている。それを聞き出すしかないんだ」

「もう、どうなっても知りませんよ」

このまま公判が進めば、待っているのは有罪判決以外にない。やってみるだけだ。

「証人は証言台の前へ出てください」

こわばった表情で、被害者の妹、唯香は前に出た。被告人席に一瞬、視線を送ってから前を向く。無理もないが、かなり緊張しているようだ。

「では、事件当日のことについてお聞きします」

杉村が問いを発した。

「帰宅したのは、何時ごろでしたか」

「七時四十五分くらいでした」

「その時の様子を教えてください」

「玄関のドアは鍵《かぎ》がかかっていなくて。窓ガラスも割れているし、どうしたんだろうと思って中に入りました。それで……」

そこまで話すと、唯香は口を閉ざす。姉の遺体を発見した時の様子がよみがえっているのだろう。心苦しいが、杉村は問いを発した。

「それ以前に、いつもと違うことがありましたか」

杉村の問いに、唯香は目を瞬かせた。

「それ以前って？」

「帰宅途中に何か変わったことはありませんでしたか」

まずは第一関門だ。どうか正直に答えてくれ。特にないと言われたら、そこで打つ手がなくなる。

しばらく間があって、唯香は口を開いた。

「帰ってくる途中で、変な人とすれ違ったんです」

思った通りだ。少しは希望の光が見えてきた。

「その人物の特徴を教えてください」

「……色が白くて、太った男です」

「顔は覚えていますか」

「はい」

「その男の頬に、ほくろがありましたか」

唯香は黙っている。杉村は問いを続けた。

「被告人は、ほくろのある男があなたの家の周りをうろついているのを見たそうです。

彼が犯人だと被告人は訴えています。ここに大きなほくろがあったそうで」

杉村はパソコンを操作し、モニターに一枚の似顔絵を映し出す。服部が描いた犯人の絵だ。

「このほくろの男に、証人は心当たりがあるのではないですか」

唯香は固まったように、その絵を見つめていた。こんな質問が許されないのはわかっている。だが杉村は心の中で訴えかける。

唯香さん、あなたは服部が犯人ではないとわかっているんじゃないですか。でもみんなが犯人は服部と言うから、そうだと思い込んでいる。違うということに薄々気づいているのに、心に蓋《ふた》をしているんじゃないですか。

長い間があった。

くそ、ダメなのか、やっぱり……。

「よく思い出してください」

繰り返すが、唯香は反応しない。

検察官が憐《あわ》れむように異議を唱えた。裁判長に注意を受ける。すべては僕の思い込みだったのか。

「以上です」

力なく証言台に背を向ける。

終わったな。

今、すべての糸が断ち切られた。そんな感じがする。最後の望みをかけた証人尋問は、無茶をしたにもかかわらず何も得られなかった。

検察官が問いを発する。

「証人は事件当日、帰宅途中で男を見たと言いましたね」

「はい」

「その人物は、この場にいますか」

検察官に言われ、唯香は被告人席の服部を見た。

その指は、ゆっくりと服部を指し示す。

何てことだ。弁護側に有利と思って唯香を呼んだのに、逆にとどめを刺されることになるなんて。

逃げ出したい気分だったが、唯香は服部を指差したまま固まっていた。

「証人、どうしましたか」

裁判長に問われて、唯香は首を横に振る。

「私が見たのは、あの人じゃないんです」

傍聴席が一気にどよめいた。

「違う人かもって思ってたけど、自信がなくて今まで言えなかったんです。だけど今、はっきりわかりました。あの人じゃありません」

唯香の声は震えていた。検察官は蒼白《そうはく》になっている。

「傍聴人は静かにしてください」

裁判長がたしなめるが、ざわついたままだ。そんな周りをよそに、唯香は大きく目を開く。

「私が見た男は、頬に大きなほくろがありました。口元までならんで三つ……あの似顔絵そっくりでした」

杉村は半分開けた口が閉じなかった。

服部と唯香の証言が一致した。

「絶対に被告人じゃない。今まで言い出せなくてごめんなさい」

ごめんなさい。繰り返しながら唯香は両手で顔を押さえている。

「静粛にお願いします」

裁判長の呼びかけにもかかわらず、ざわめきはさらに大きな渦になって、津波のように法廷を呑《の》み込んでいく。

これは夢か。

杉村はいまだに信じられないまま、その波にしばらく身をゆだねていた。

5

売店の前まで行くと、菜々瀬がいた。

こちらに気付いて手を振っている。お昼時を過ぎたので、客は他にいない。

「杉村さん、よかったですね。無罪判決を勝ち取ったって兄から聞きました」

「あ、ああ」

先週、服部に無罪判決が出た。文句なしの無罪ではなく、かなりぎりぎりだったように思う。最終的には唯香の証言が決め手となり、疑わしきは罰せずという感じだった。

「すごいですね。おめでとうございます」

「ありがとう」

ただ見ているだけだったあの子が、僕のことを褒めてくれている。どうしよう。嬉《うれ》しすぎてこのまま死んでしまうかもしれない。いや、死んでどうする。勇気を出せ、今なら言えるはずだ。

「あ、あのさ。今度、一緒に映画でも見に行かない?」

菜々瀬は口を半分開けたまま、固まっていた。

こんな風に女の子をデートに誘ったのは初めてだ。今さらながら心臓が激しく躍り出す。判決のときより緊張している。腐女子は三次元の男に興味がないんだろうか。だが僕は、彼女がどんな趣味だろうと全く構わない。きみのことが好きなんだ。

視線を落とし、菜々瀬は恥ずかしそうに微笑む。

「もちろん……いいですよ」

杉村は大きく目を開ける。

「ほんと？　やったあ」

夢心地のまま、杉村は飛び上がってガッツポーズしていた。きょとんとした菜々瀬の表情に我に返る。ちょっと大袈裟《おおげさ》だったかな。まごまごしながら連絡先を交換した。

雲の上を歩くように、エレベーターに乗る。

大丈夫かな。服部の判決からすべてがいいように回っている。こんなについていたら逆にやばいことが待っていないか。いやいや、そんなふうに考えていては、せっかくいい風が吹いているのに水を差してしまう。

「杉村先生、本当にありがとうございました」

応接室に服部が来ていた。

身柄を解かれ自由の身になったのだが、留置所暮らしでかなり痩せたようだ。カジュアルなシャツにジーンズ姿の服部は、それなりにイケメンだ。

「これ、みなさんで食べてください」

箱入りの菓子が差し出される。礼を言って受け取った。

「服部さん、お仕事はどうしています？」

「個人指導の塾講師に採用が決まりまして、ほっとしているところです」

失った職も新しく見つかったようだ。

「ところで、例のほくろの男って捕まったんですか」

問いかけられ、杉村は首を横に振る。

「そういう話は聞かないですね」

「警察は再捜査しないんですか」

「ええ。一度、誰かが逮捕された事件では、その人に無罪判決が出ても再捜査しないことが多いです。というかよほどのことがない限りしないんです」

真犯人がはっきりしない限り、疑われた服部の気持ちは晴れないだろう。

「それじゃあ、全て、このままですか」

「おそらくそうでしょうね」

服部の顔に笑みが浮かんだ。こらえきれないように両手で顔を隠す仕草は、まるでいたずらがばれた子どもだ。杉村は目を瞬かせる。

「服部さん」

「はい？」

「あなたは無実だったんですよね」

「当たり前です」

強い口調で返ってきた。

「ただね、ここだけの話、カメラに映っていたのは僕だったんです」

さらりと服部は言った。杉村は呆気に取られる。

「すみませんね。それを認めると終わりだと思ったんです。あなたも弁護する気力が萎《な》えるでしょう。でも路上駐車の車のカメラに映ってたのは計算外だったな」

計算外？　どういうことなんだ。服部の言う意味がよくわからない。

「結果的に問題ないんです。僕は無実なんですから。その一番重要なところで嘘はついていません。杉村先生が良心の呵責《かしやく》を感じることなんてありませんよ」

「………」

「ああ、片山さんを愛していると言ったのも本当ですから」

それじゃあと言って服部は去っていった。

何だったのだ。カメラに映っているけど、無実だって？　いや、冗談だ。冗談で言っているに違いない。

応接室の外へ出ると、通りかかった鷹野と目が合った。

「どうした？　浮かない顔だな」

「それが……」

込み入った話になると察したのか、そのままシニア・パートナールームへと誘われた。

服部から思わぬ告白を受けたことを話すと、鷹野は厳しい顔になった。

パラパラと資料を眺めた後、防犯カメラ映像を見せて欲しいと言われた。何度か再生するが、鷹野の表情は硬いままだった。

「いくつか気になるな」

「えっ、どこですか」

「被害者宅の出入口は、玄関と勝手口の二つ。この犯人は、どうしてわざわざ防犯カメラのある玄関の方から入ったんだ」

杉村は首を傾げた。

「気付かなかっただけじゃないですか。裏に勝手口があるってことを」

「車載カメラに映るのは計算外だったと、服部は言ったんだな」

「はい」

「だったら防犯カメラの方に映るのは計算内だったと？」

鷹野の指摘にぎょっとする。まさか……。

「それと被害者の妹のことだが」

倍速で再生していた映像を、鷹野がストップさせる。

「事件までの何週間かを見る限り、姉は玄関から出入りしているのに、妹の姿は全く映っていない。ずっと家出でもしていたのか」

「いえ、そんな話は聞いてませんが」

「だろうな。それまで妹は勝手口から出入りしていたのに、遺体を発見した時だけ玄関から入ってきたことになる。他にも気になるところがある。どうして姉妹で出入口を別にしていたのか……」

鷹野はそこまで言って咳払《せきばら》いすると、手を差し出す。

「とりあえず、よくやった」

「あ、ありがとうございます」

杉村は喉《のど》につっかえるものを感じながら、その手をしっかりと握った。

それからしばらく経った。

休日、杉村は吉祥寺《きちじょうじ》の駅前にいた。

「杉村さん、待ちましたか」

やってきたのは、菜々瀬だった。

これから一緒にアニメショップや古本屋巡りをする予定だ。あれから菜々瀬との距離は縮まったが、彼女の隣にはチャラい青年の姿があった。

「さてと、行くか」

七条だ。当然のようにくっついてきていて、いまだに菜々瀬と二人きりのデートは実現しない。

三人で出かけるのもそれなりには楽しいのだが、七条と菜々瀬の話がマニアック過ぎて一人置いてけぼりになることもある。いつも思うが、菜々瀬に告白できる日は来るのだろうか。

ため息をついて顔を上げたとき、はっとする。

今、前を横切っていったのは服部だった。

「そんな、まさか」

若い女性と腕を組んで角を曲がっていく。雑踏の中へと消えていった。何かの見間違いなのか。

一緒にいた女性は、片山広香の妹、唯香だった。

似ているだけか、いや、確かにそうだった。

わけもわからないまま、杉村は服部たちの影を追いかけていた。どうして二人が一緒にいるんだ。

はっとする。〝片山さんを愛していると言ったのも本当〟という服部が言っていたセリフ。ひょっとして、僕は大きな思い違いをしているのではないか。服部が愛している〝片山さん〟は、広香ではなく唯香だとしたら？　唯香と服部は敵同士ではなく、むしろ絶対的な信頼関係で結ばれているとしたら……。

「もしかして、真犯人は片山唯香？」

姉を殺してしまった唯香はパニックになった。このままでは自分がまっ先に疑われる。そこで勝手口から抜け出し、助けを求めて、服部の家に駆け込んだ。二人は話し合った結果、唯香の疑いをそらすため、男が侵入して殺したことにしようと偽装。防犯カメラに映ったのは計算通りだったが、想定外の車載カメラに撮られてしまう。今度は服部の身が危なくなったため、架空の男に罪を擦《なす》り付けようと口裏合わせをした。

「それが三つ並んだほくろの男？」

鷹野の指摘が脳裏を駆け巡っている。服部は唯香の罪を隠し通し、無罪が確定。二度と逮捕されることはないし、再捜査もない。こう考えれば、全ての辻褄《つじつま》があってしまう。

いや……。

杉村は大きく首を横に振った。

さっき見たのが唯香だったとは限らないじゃないか。全部、僕の思い込みかもしれない。バイアスだよ、バイアス、僕のレンズは歪んでいるんだ。

「杉村さん、どうかしたんですか」

菜々瀬と七条が後ろから追いついてきた。

「うん？　何でもないよ」

そう言って、杉村は菜々瀬に笑みを返した。

6

鷹野は裁判所からタクシーに乗り込んだ。

雨が降り出しそうな曇り空のもと、後部座席でネクタイを緩める。

やがて拘置所に到着した。

接見の手続きを終えて、椅子に座る。遮蔽板《しゃへいばん》の向こうに南野がやってきた。こちらの表情を上目遣いにうかがっている。

「判決が出ました。無期懲役です」

南野はふうと息を吐き出す。

「検察側は上告しないそうです」

この日、南野の無期懲役が確定した。

仮にこの先どんな新証拠が出ようが、この件で南野が死刑になることはない。

南野は天井を仰ぎ見ていた。

「よかったですね、とは言いません。ここからがスタートです」

「スタート？」

「無期懲役とは、生きて償うチャンスを与えられたということです」

鷹野は語りかける。今なら南野の心に響くかもしれない。

そう思ったときに、南野が小さく挙手をする。

「鷹野先生、一つ聞きたいことがあるんです」

「何ですか」

「あなたは僕の第一審の公判で、こんなことを言いましたよね？　一生かけて、被告人の心を治療していきたいって」

「それは、ええ」

鷹野は深くうなずく。

「知り合いが昔、言っていたんです。弁護士は医者と同じだ、人の心を治療するって。すべての犯罪者は治療されるべきだと、俺は思います」

「いい言葉ですね」

南野は微笑んだ。

「でも僕に治療は必要ありませんよ」

「えっ」

「だってどこも悪くないんですから」

鷹野は目を大きく開けた。

母親の死後、こいつは変わりはじめていた。だがまさか……こちらの動揺をあざ笑うように、南野は言葉を続ける。

「仕方なかったんです」

久しぶりに聞く南野の口癖だった。

「はい？」

「万が一にも死刑判決が出ては困ります。僕の更生の可能性を信じてもらいたくて仕方なく演じていただけのこと。いいタイミングで母が死んでくれましたよ」

「な……」

「鷹野さん、あなたの頑張りのおかげで遺族も戦意を喪失したのかもしれない。上告されずに済んだのは感謝しています」

南野は優しげな眼を向けている。

「心を治療する？　傲慢《ごうまん》ですね。あなたたちの言う治療は、自己満足のための趣味に過ぎません。悪を改心させることで快楽を得たいって趣味。そんな幻想につき合わされて、僕らは望んでもいないのに、仕方なくそのふりをさせられる」

南野は薄く笑った。こいつはまるで変わっていない。更生とは真逆に位置する純粋悪。その塊がここにいる。

「鷹野先生、あなたは雨宮《あまみや》弁護士の関係者だったんですね。さっきの知り合いっていうのは彼女のことでしょう?」

鷹野は目を見開く。ポーカーフェイスには自信があるが、いくら冷静さを保とうとしても無理だった。

「やはりそうですか。僕もうかつだったな。あなたに過去の犯罪行為について話してしまったんだから。仕方ありません。鷹野先生、悲しい限りですがこれでお別れです」

「南野!」

「これまでありがとうございました」

南野は頭を下げる。死刑を回避し南野は生きながらえたが、こいつに更生の可能性などない。

鷹野は遮蔽板にへばりついて叫ぶ。自分でも何を言っているのかわからない。遮蔽板を両手で叩き続けていると、やがて刑務官がやってきて引きはがされた。

倒れこんだ鷹野は、片膝《かたひざ》を立てて遮蔽板の向こうを見上げる。

飽きたおもちゃを見るように、南野は鷹野にじっと視線を送っていた。

第五話　女神の右手

1

教会の椅子に腰かけたまま、長い時間が過ぎていった。

まったく合理的じゃない。

何をするでもなく、時間がただ溶けていく。スマホが何度か振動していたようだが、電話に出る気力がない。我ながら何をやっているのだろう。

いつものように牧師の冨野の姿はなく、鷹野は床のひび割れをただ見つめている。窓を叩《たた》く雨音が聞こえる。いつの間にか降り出してきたようだ。

弁護士は人を治療する、か。

生前の久美子が言っていた言葉だが、今はその言葉がどことなく空々しかった。

南野一翔に解雇された今、彼に会うことさえ叶《かな》わない。一生かけて南野の心を治療していきたいと法廷で偉そうなことを言ったのに、早くも壁にぶち当たっている。

「久美子……」

俺はどうすればいい？　南野の死刑判決を回避したのは、あいつの心が変わる可能性を信じ、久美子を殺した事件について自ら語らせたいと思ったからだ。

落ち着け。道が全て閉ざされたわけではない。

拒絶されようとも接見を申し込み続ければ再び会えるかもしれないし、読んでもらえるかどうかは別だが手紙を送ることはできる。

鷹野は胸に手を当てて、ふと顔を上げる。

雨音に足音が混じっている。気のせいか。いや、そうではない。

後ろの扉が開いた。振り返ると、誰かが立っている。冨野かと思ったが、年老いた男性だった。手に花束を携えていて、その顔には見覚えがある。

「……江尻先生。どうしてここに」

江尻憲次《けんじ》。久美子が勤めていた事務所の所長だ。

「電話が繋《つな》がらないのに、こうして会えてしまうなんてね。鷹野さんも教会に来ているとは思わなかった」

スマホを見ると、さっきまでの着信は江尻からだった。すみませんと鷹野は謝る。江尻は微笑みながら、教会の中を見回した。

「一度、ここへ来たかったんですよ。久美子ちゃんの墓参りにね」

「……ご案内します」

傘を差し、奥の墓地へと一緒に歩いていった。二人は久美子の墓石の前で手を合わせる。江尻は長い間、祈っていた。

彼が顔を上げるのを待って鷹野は話しかける。

「どうして急に彼女の墓参りを？」

静岡に住んでいる彼が、今になって足を運ぶ理由が気になった。

江尻は肩の雫《しずく》を払う。

「こっちの病院に近々入院することになりましてね、体が動くうちに来たかったんです」

その言葉と表情で、体調が芳しくないのだとわかった。これまで現役で弁護士を務めて元気そうだったが、もう八十近いのだから無理もない。

「俺と一緒にと思われたんですね」

「ええ。それとあなたに頼みたいこともあったので」

話が長くなりそうなので、一度、教会の中へ戻った。

長椅子に並んで腰かける。病気のせいか、江尻は随分と痩《や》せたようだ。

「まだまだ働けると思っていたのに情けない話ですが、私の仕事を他の弁護士さんに代わってもらえるようお願いしているところなんです」

「お体の方が大事ですから。俺にできることがあれば遠慮なく言ってください」

「そう言ってもらえるとありがたい。実は一つだけ……鷹野先生、あなたにお願いしたい事件があるんです」

江尻は顔をこちらに向ける。

「依頼人の名前は深田《ふかだ》龍太《りゅうた》、三十七歳。無実を訴えているが、殺人罪で起訴されましてね。彼は十九歳の時にも殺人を犯していて、その時もうちが弁護を担当したんです」

再犯か。再びの殺人となれば、死刑も視野に入る。

「彼のことをあなたに引き受けてもらいたいんですが、実は私の娘もこの事件をやりたがってましてね。アメリカに留学していて帰ってきたばかりなので、こっちのことをまだよく知らないんですよ」

「そういえば先生の娘さん、弁護士になったとおっしゃっていましたね」

江尻には娘が一人いた。最近は見かけていないが、事務所で会ったことがある。大人しそうな少女の面影がふっと浮かぶ。遅くにできた子だったので、孫のようだと思った。

確か名前は……。

「天音《あまね》ちゃん、でしたっけ？」

「ああ、そうです。やる気だけは人一倍あるんですが」

そう言って、江尻はスマホの写真を見せた。法科大学院を卒業した際のものだそうで、アカデミックガウンに黒縁の眼鏡をかけている。

「できたらうちの娘と一緒に担当してもらえないでしょうか」

「……はあ」

「天音も勉強になるだろうし、私は鷹野先生に任せたい。どうです？　深田くんのこと、引き受けてもらえませんか」

返事をする前に、鷹野は問いかけた。

「十八年前、深田龍太を弁護したのは久美子ですか」

「ええ、そうです」

江尻はうなずく。

「久美子ちゃんは、深田くんの更生を信じて懸命に支援していたんです。それなのに彼は再び殺人罪で逮捕されてしまった」

「無実を訴えているとのことですが、江尻先生はどう思われますか」

「正直なところわからない。ただ無実であって欲しいとは思う。久美子ちゃんがあれだけ熱を入れて彼のためにやってたんだからね」

どんなに更生支援しようが、再び犯罪に手を染めてしまう者は少なくない。信じていても裏切られる可能性があることは、久美子もわかっていただろう。結局のところ、諦《あきら》めることなく更生への道を探り続けるしかないのだが、今の自分にそれができるだろうか。南野とのことがあって、心が大きく揺らいでいる。

「わかりました。俺でよければ引き受けます」

「よかった。これで安心だ」

江尻の娘と一緒にというのは乗り気ではないが、深田が無実かどうか、興味があった。資料を渡され、これまでの弁護活動について話を聞く。

「深田くんや娘にも話しておきますので。どうぞよろしく」

「お体、大事になさってください」

頭を下げると、江尻は出ていった。

一人になり、静けさに包まれる。鷹野は目を閉じ、雨音に耳を傾けた。不思議な気持ちだった。

久美子が生きていたら、深田の弁護は自分がやると言って聞かなかっただろう。江尻の代役というよりも、久美子の代わりに弁護人を務める感覚だ。

教会の外に出る。

雨は止む気配もなく、降り続いていた。


翌日、鷹野は拘置所に来ていた。

くしくもここには南野一翔も移送されてきている。無期懲役が確定し地方の刑務所へ移されるのを待っているのだが、あいつが近くにいると思うだけで胃に不快感を覚える。

接見を希望して待つ間、江尻から渡された資料を読み返す。

殺害されたのは林拓郎《はやしたくろう》という都内の工場勤務の男性だ。深田は二年前に出所してから、被害者の男性と同じ工場で働いていたらしい。

接見室に男が姿を見せた。いかつい印象を受ける。

「はじめまして。鷹野といいます」

挨拶《あいさつ》すると、男はぺこりと頭を下げた。

「江尻先生から聞きました。深田龍太です。よろしくお願いします」

深田は細い目で、こちらを見た。腫《は》れぼったい一重瞼《まぶた》で表情のない顔だ。お互いを観察するように、少し間が空く。

椅子に座り、鷹野は訊《たず》ねた。

「無実を訴えているとお聞きしましたが」

深田の首が縦に振られる。

「俺は殺していません」

「……そうですか」

その言葉を鵜呑《うの》みにする気はないのだが、どこかほっとした。

「私は合理主義者です。盲目的に信じることは決してしません。ただ深田さん、あなたが無実であって欲しいと心の底から思っています」

「それで充分です」

深田は微笑んで大きくうなずく。

「江尻先生と同じことを聞くかもしれませんが、確認させてください。事件のあった日、あなたは静岡にいたということですが」

「連休だったんで、実家に帰っていたんです」

「深田さんは出身が静岡でしたね」

事件のあった日は実家に泊まったという。深田の父親が一人で住む家だが、今はアルコール依存症で入院しているので誰もいないらしい。静岡まではバイクで片道二時間弱。都内で事件のあった午後八時前後でなくとも、近い時刻に静岡にいたことが証明できれば、アリバイになる。

「その日はとにかく飲みたい気分だったんですよね。自販機で酒を買って、どっかの公園で海を見ながら飲んで酔っ払ってました」

「……それで？」

「ベンチで眠りこけているのを通りかかった女の子に声をかけられて。そのまま二人でしゃべってて、実家に帰って寝て起きたら昼になっていたんです」

随分と滅茶苦茶《めちゃくちゃ》な飲み方をしたものだ。話を聞く限り事件が起きたのはその公園にいた時間だと思われる。

「一緒にしゃべっていた女性はどういった方ですか」

「そのとき初めて会った人です。俺の話を親身になって聞いてくれて、とてもいい子でした。名前は知らないし連絡先も交換しなかったけど、俺のことは絶対に覚えているはずです。目がぱっちりしていて色白でした。それと、黒い服を着ていたと思う」

曖昧《あいまい》な記憶を辿《たど》りながら、深田は訴えた。江尻もその女性を探していたようだが、今のところ見つかっていない。

「どこの公園かわかりますか」

「それが、ぐでんぐでんに酔っぱらってて、覚えていないんですよ」

深田は頭の後ろを掻《か》く。鷹野は時系列のメモを見た。

「静岡についてから公園で酔いつぶれるまで時間があるようですね。どこで何をしていたんですか」

「実家にいました。特に何をしていた訳でもありません」

「それと凶器から見つかったという指紋についてですが、心当たりは？」

凶器となったのは、先端がとがっている鉄の棒だそうだ。壁をはがす工具らしい。付着していた指紋が深田のものだったので、犯人の疑いがかけられたようだ。

「あの工具を触ったことはありますよ。でもそれはたまたまで。あれを使って人を殺すなんて、俺は絶対にやってないんです」

信じてくださいと深田は訴える。

「あの工具を触ったのは、事件の二、三日前だったでしょうか。排水溝に詰まったごみを取ろうとして、ちょうどいい長さだったので。その時に俺の指紋が付いたんだと思います。嘘じゃありません」

作り話のようにも聞こえるが、朴訥《ぼくとつ》なしゃべりは説得力があった。事実関係の確認を終え、鷹野はリーガルパッドを鞄《かばん》にしまう。

「全力を尽くします」

そう言って、接見室を後にした。

公判までの期間はわずかだ。

シニア・パートナールームを出た鷹野は、エレベーターで降りていく。

江尻の娘、天音が師団坂ビルへ来ることになっている。一階で待ち合わせて、ランチミーティングする約束だ。

　エントランスまで行くと、黒縁眼鏡をかけた若い女性が目に入った。口を半開きにしながらきょろきょろしている。

「あっ」

　こちらに気付くと近寄ってきた。

「鷹野先生」

「何か珍しいものでもありましたか」

「いえ、というか全部が珍しいです。こんな大きなビルに入ったことがない田舎者なので」

　吹き抜けを見上げながら、彼女は目を輝かせた。

「先生のお噂はかねがね。本当にすごいですよね。次々と大きな事件で結果を出して。治療的司法の考え方にも賛同します」

「そうですか」

「やっぱり厳罰化では社会は良くならないんです。地道な更生支援が大事ですよね」

　出会ってすぐに熱く語り出すなんて、やる気だけは人一倍あるという江尻の言葉は本当のようだ。この調子ではいつまでも立ち話に終始しそうだ。店を予約してあるので、早く移動した方がいい。

「歩きながら話しましょう。更生と言えば、今回の深田さんのことだが……」

「深田さん？」

　彼女は首をかしげた。この反応、何かおかしい。

「君は江尻先生の娘さんじゃないのか」

「いえ、私は今日から師団坂法律事務所でお世話になる司法修習生です」

女性はきょとんとしている。

何てことだ、人違いだったのか。事務所に上がるエレベーターを教えてやって、さっさと別れた。

やれやれ。余裕をもって来たつもりが約束の時間を過ぎてしまった。

慌ててエントランスへ戻ると、コツコツとヒールの音が聞こえる。派手なワンピースを着た女性が悠然と近づいてくる。長身にピンヒールを履いていた。

「鷹野先生ですね？」

「あ、はい」

「江尻天音です。はじめまして……ではないですね、子どもの頃にも会ってますから」

天音は鷹野の前に立つと、靴の先から顔までを値踏みするように見た。

「へえ、記憶よりもずっとイケメン」

褒められたようだが、好意的な感じを受けない。江尻に見せてもらった写真のイメージとギャップがありすぎだった。呆気《あっけ》に取られていると、天音は人差し指を口元に当てる。

「鷹野先生、深田さんと接見したそうですね。どう思われましたか」

「どうって？」

「深田龍太はギルティ？　オア、ノットギルティ？」

有罪か無罪か。英語で尋ねられた。

「まだわからないが、無実であってほしいとは思う」

ふうん、とだけ言って天音は歩き出す。予約していた店に二人で入った。本場イタリアの生パスタがうまい店だ。

天音はフォークを熱々のパスタに絡ませる。

「私、スプーンとフォークを使って気取って食べる女が嫌いなんです。イタリアではスプーンを使うのは子どもだけなんですって」

「そんなの食べやすいように食べればいい。個人の自由だと思うが」

特にこのパスタの場合、ソースが多めなのでスプーンも使った方が合理的だ。

「さっそく意見が対立しましたね。でも合わせる必要はないし、そのつもりもありません。ところでさっきの話ですが、深田さんのこと、どうして無実であってほしいって思うんですか？」

「本人が訴えている以上、当然だろう」

そう答えると、天音はくすっと笑った。

「何かおかしいか」

「本当のところは違いますよね。過去に雨宮久美子さんが彼の更生支援をしていたからでしょう」

その一言に、鷹野は口を閉ざした。

「あはは。雨宮先生のこと、いまだに愛しているんだ。医者を辞めて弁護士にまでなっちゃうんだから、すごい一途《いちず》」

何だこいつは……。

「でも鷹野先生、そういうのって目を狂わせちゃいますよ。いくら実績のある有名弁護士でも、そんなに私情まみれでは信用できないな。父が一緒にやって欲しいと頼んだようですけど、私は私のやり方で進めますから」

「……おい」

「それじゃあ、また」

天音はハンドバッグをぐるぐる回しながら店を出ていった。

やれやれ。とんだ跳ねっ返りだが、こちらも人の世話をしながらの仕事は面倒だと思っていた。勝手にやらせてもらえる方が都合がいい。

ただ天音の指摘は一部当たっている。

そうだ。これは私情だ。

深田が無実であってほしいというのは、久美子のことを思うが故だ。彼女の信じた道がどこへつながるのか確かめるため、俺は久美子からバトンを受け取った。

2

その日、鷹野はシニア・パートナールームに引きこもっていた。

深田龍太という男を理解するのに適した資料がある。それは久美子が遺《のこ》したリーガルパッドだ。そこには十九歳の深田を弁護した時のことが記されている。仕事のメモだけでなく、所々に久美子の思いも走り書きされていた。

扉がノックされる。

「鷹野さん、いいですか」

芽依が入ってきた。コーヒーが二つ運ばれてくる。

「鷹野さんはミルク入りでしたね。ブラックの飲み過ぎは胃に悪い……でしょ？」

「ああ、悪いな」

ようやく覚えてくれたようだ。

コーヒーブレイクしながら芽依の相談を受けた後、机の上にリーガルパッドを広げたままだったことに気付く。隠そうと思ったが、遅かったようだ。

「これって、もしかして雨宮久美子さんの？」

鷹野はため息混じりに、ああと答える。

「彼女がかつて弁護した男が、殺人罪で再び逮捕されたんだ」

「再犯、ですか」

「無実を訴えているがな。今度は俺が担当することになった」

用事がすんだなら帰ればいいのに、芽依はリーガルパッドをのぞきこむ。

「十八年前、依頼人が十九歳の時ですね。どんな事件だったんですか」

「友人をナイフで刺して殺したそうだ。裏切られた腹いせに」

「……裏切りって？」

「深田は空き巣を繰り返していた。それを友人に通報されて逆切れしたらしい」

芽依は顔をしかめたが、当然の反応だろう。

「この男の場合、犯罪に手を染めるようになった原因は間違いなく家庭環境だ。父親が幼いころから万引きをさせたり、空き巣を手伝わせたりしていたそうだ」

「彼のお母さんは？」

「家族を捨てて、他の男と逃げたらしい」

愛情など与えられることなく、すさんだ心は暴走してしまったのだろう。鷹野はリーガルパッドをめくっていく。

「久美子は量刑が軽くなるよう弁護するだけじゃなく、その後の更生支援にも力を注いでいたそうだ。父親の依存症を治療するために医療機関につないだり、被害者遺族とも会って贖罪《しょくざい》への道を探ったりしていた」

「それなのに……」

鷹野は首を横に振る。

「まだ殺人を犯したと決まったわけじゃない。本人は否定しているんだしな」

芽依はうなずく。優しい顔だった。

「鷹野さん」

「ん？」

「深田さんが無実だといいですね」

ああ、と言うと鷹野は椅子の背を向けた。


向かったのは、殺人事件の現場だった。

電車で国分寺《こくぶんじ》まで行って少し歩くと、三角屋根の工場が見えてきた。入口のところに初老の男の姿がある。深田が勤務していた工場の社長だ。

「よろしくお願いします」

鷹野は挨拶する。協力雇用主として出所者の更生に携わっている人物だそうだ。彼の案内で工場の裏に回ると、倉庫の横に花が供えられていた。

「ここが現場です。林さんは何度も腹を刺されていましてね」

社長は目をつぶって手を合わせた。工場には防犯カメラの類《たぐい》はなく、事件を目撃した者もいない。

「凶器になったという工具は、工場でよく使用されるものなんですか」

「いや、あれは普段の作業ではほとんど使われないんです」

「誰でも持ち出せる場所にはあったんですよね」

「ええ、まあ」

深田が触った後、たまたま凶器として使われただけなのかもしれないが、それが意図的だったとしたら……。あの工具に深田が触ったのを見ていた人物がいないだろうか。かつて殺人を犯した深田が偶然、事件に巻き込まれるよりも、罪を擦《なす》り付けられる確率の方が高い。

「被害者の林さんはどういう方だったんですか」

「長く勤めるベテランです。亡くなった人を悪く言うようで気がひけるが、ちょっと意地悪なところもありましてね。根はいい人なんですが、同僚ともめることも日常茶飯事で……」

社長は気をつかって話をするが、問題のある人物だったことは確かなようだ。

「深田さんと林さんの間にトラブルは？」

「ううん……深田さんは林さんに少々邪険にされたところで、気にせず仕事に集中していたように思いますけどね。むしろ他の同僚が喧嘩《けんか》になっているのを止めに入っていたくらいで」

鷹野は黙ってうなずく。

「私はね、彼がこんな事件を起こすなんてとても信じられない。ここで働けて嬉《うれ》しいっていつも言ってましたし、努力家で資格をいくつも取っていた。深田さんのことは誰よりも期待していたんですよ」

社長は額に手を当てた。出所者に手厚くすれば、再犯率は下がるだろう。だが過剰に厚遇されているようでは、罪を犯していない一般人が納得できまい。この辺りのバランスがきっと、とても難しいのだ。

「深田さんは将来、私みたいな仕事をするのが夢だって言ってたんです。自分も更生支援する側の人間になりたいって。そんな彼が安っぽい怒りにかられて、自分の人生をもう一度ぶち壊すなんてありえませんよ」

犯人はどうあれ会社で殺人事件が起きたとなれば、今後、出所者の受け入れは断念せざるを得ないはずだ。ショックは大きいだろう。

「何でも協力しますので。深田くんのこと、よろしくお願いします」

鷹野は頭を下げて、工場を後にした。

一度、師団坂法律事務所に戻った。

現場の状況についてはよくわかった。次に調べるべきはアリバイだ。

一緒に公園で話していたという女性を、どうにか見つけられないものか。とりあえず静岡へ向かおうと支度しているところに、梅津がドアをノックして入ってきた。

「鷹野さん、変な娘が来ているぞ。あんたに用事があるって」

苦笑いする。おそらく江尻天音のことだろう。

最初に会ってから全く連絡がなかった。彼女の方もいろいろと調べているだろうが、苦戦していて助けを求めに来たのかもしれない。

「わかった。通してくれ」

「それがな、こっちへ来いと言っている」

何だそれは……。

仕方なくシニア・パートナールームを出ると、困った表情で杉村が立ち尽くしていた。

「鷹野さん、僕の席が見知らぬ女子に占領されましたよ」

そこにいたのはやはり天音だった。杉村の席に座ってパソコンをいじっている。向かいの席の桐生は知らぬふりで資料をめくっていた。

「あら、お久しぶりです」

こちらに気づくと、天音は手を振った。図々《ずうずう》しいにもほどがある。鷹野は無視してそのまま外へ出て行こうとする。

「鷹野先生、今からお出かけですか」

「ああ。静岡へアリバイ証人を見つけに行くところだ」

そう言うと、天音は勝ち誇ったように微笑んだ。

「その必要はありませんよ」

「なに？」

「だってほら、アリバイ証人は私がここへ連れてきましたから」

天音は立ち上がって手招きした。

「彼女は三浦怜奈《みうられな》さん」

そう呼ばれた女性は、ぺこりと頭を下げる。

「静岡から来てもらったんです。あの夜、深田さんと一緒にいたんですって」

三浦という女性は、はいとうなずく。色白で目がぱっちりしている。深田の言っていた特徴どおりだ。

アポなしでいきなり連れてくるなんてと思うが、こちらも天音の方へ全く連絡していないのでお互い様か。出かけるのはいったん保留だ。

応接室へ入り、天音が連れてきた証人の話を聞くことにした。

鷹野に見せつけるように天音は訊ねていく。

「事件のあった二十八日の夜について、説明してもらえますか」

「はい。その日は居酒屋で一人、呑《の》んでいたんです。午後八時前に店を出て、海沿いの公園を散歩していたらベンチで男の人が寝てたんです。いつもだったら素通りしますけど、知り合いと間違えて声かけちゃって。その後も何となく放っておけなくて、しばらく一緒にしゃべってたんです」

天音が大きくうなずいた。

「どんなことを彼と話しましたか」

「その人、かなり人生に疲れているみたいでした。お酒が弱そうなのに、すごい酔っぱらってて。もう俺は死ぬしかないとか言うもんだから、そんなことないよって励ましてたんです。あとで自殺でもされたら怖いし」

「どれくらいの間、一緒にいたんですか」

「二時間くらいかな。その人は、実家まで歩いて帰るって言ってました。足がふらふらだったけど、これ以上付き合うのも面倒だし、そこでバイバイって」

三浦が話した内容は、深田から聞いたものと相違ない。一点だけ、親身になって聞いてくれたというのはちょっと違うかもしれないが。

鷹野は深田の顔写真を見せた。

「この人です」

三浦は迷わず深田を指さす。天音が横で満足そうにうなずいている。

「ほらね、鷹野先生。死亡推定時刻の八時とは完全に重なっているでしょう?」

「ああ、文句なくアリバイ成立だな。彼女のこと、どうやって見つけた?」

「SNSに投稿された写真で見つけたんです。その夜に静岡市内の公園にいたのと、ベンチから海が見える場所……それと彼女の着ていた黒い服ですよ」

「……そうか」

天音は説明していく。詳しいブランド名などはよくわからないが、逆転の決め手になりうる証人だ。天音の調査能力については認めるしかない。

「鷹野先生は、指紋や事実関係の確認から始めていたんでしょう」

「ああ」

「合理主義者の割に、面倒くさいんですね。私は最短距離でいく」

天音は得意げに微笑む。

「イッツア、スラムダンク！」

大成功よ。そういう意味のことを言って鞄を肩にかける。

ルーム1のメンバーたちが呆気に取られる中、去っていく。なぜかそこにいた七条もスラムダンクと繰り返し、呆然《ぼうぜん》と見つめている。

鷹野はふうと大きく息を吐いた。

3

鷹野は一人、拘置所に向かった。

あれから日が流れ、公判の日が迫ってきた。

三浦怜奈のアリバイ証言が認められれば、指紋があることなどすっ飛ばして無罪が証明できる。それは一撃で試合をひっくり返すようなものだ。

だが引っかかることも、まだまだ多い。

接見室に姿を見せた深田は、どこか不安げに椅子に座った。

「深田さん、お聞きしたいことがあるんです」

鷹野は微笑みながら切り出した。

「事件のあの日、どうして酔いつぶれるほど飲んでいたんですか」

「特に意味はありません」

「でも普段はお酒を飲まなかったんですよね？　お父さんがアルコール依存症だということもあって、自分はああなりたくないと会社で話していたそうですが」

「そうですけど……たまには飲みたいときもあるんですよ」

深田はつぶやくように答えた。

「あのとき一緒にいた女性、三浦怜奈さんからお聞きしました。死にたいというような言葉を漏らしていたそうですが……それはどうしてですか」

鷹野の視線に耐え切れないように、深田は下を向く。

「よく覚えてません」

どうも語りたくないことがあるようだ。

長い沈黙の後、深田は顔を上げる。

「鷹野先生、あなたの最初の記憶は何歳ですか」

「記憶？」

「俺の場合、最初の記憶は四歳の時です」

深田は指先で何かをつまむような仕草をした。宙を横に滑らせていく。

「こうして十円玉で高級車に傷をつけるんです。競馬で負けた後に親父がやってました。すっきりするぞ、お前もやれって言うんで、意味もわからず真似ていました」

思いがけない告白に、鷹野は目を瞬《しばたた》かせた。

「小学校に上がる頃には万引きもやったし、親父につきあって空き巣の見張り番をするようにもなりました。どんな鍵《かぎ》でも開けてしまう親父がかっこよくてね。悪いことをしている意識なんて全くない。むしろ自分が特別な存在に思えて、周りの人間を見下していたんです」

「……深田さん」

「人を殺したのは十九の時でした。白石聖志《しらいしさとし》という同級生をナイフで刺し殺したんです」

久美子が弁護した時の事件だ。

「裏切られたって思ったら、どうしようもなく怒りが抑えられなくなったんです。気付くとあいつは死んでいた。俺は物心つくころから悪人だったって自分でもわかっていますよ。確かに育った家が最悪だったとは思いますけど、俺を正しい道へ戻そうとしてくれる人がいないわけじゃなかった。選んだのは自分なんです」

「……深田さん」

「でも今回は本当にやってません。命をかけてもいい。何もやましいことはないんです」

深田は震えるように言った。

「わかりました。一緒に頑張りましょう」

そう言って鷹野は拘置所を出た。

明け方まで、よく眠れなかった。

万全の状態ではないが、指紋の証拠能力を崩すのと、アリバイ立証を訴えていく以外にない。久美子のリーガルパッドも資料の一つとして鞄に入れた。

「さてと、行くか」

地裁の前で天音と合流する。証人の三浦怜奈も一緒だ。

「相手は一ノ瀬検事だ。調子に乗っていると、足をすくわれるぞ」

「わかってますって」

天音が自信満々なのはいい。恐れを知らない若さというものは、時に思わぬ突破力を見せることがある。

法廷に足を踏み入れると、多くの傍聴人が集まっていた。かつて殺人を犯した男が、再び殺人罪で逮捕される。そのインパクトは強く、世間の注目度は高いようだ。

公判が開始され、深田が証言台に向かった。

「私は無実です」

罪状認否で、深田は犯行を否定した。まっすぐ前を見つめる姿からは戦う覚悟が伝わってくる。

最初に行われたのは、凶器の指紋についての尋問だった。

一ノ瀬は工場の社長に問いかけていく。

凶器から見つかった指紋を根拠に、深田が犯人であることを主張する。さらには被害者からパワハラを受けていた事実を示し、犯行動機は十分だと訴えた。

それに対し、指紋は深田が排水溝のごみ取りの際に付いたものだと鷹野は主張していく。深田だけでなく誰でも使える状態で保管されていたと示した。

若干押し気味。とはいえこれだけでは切り崩したとは言えない。アウトボクシング。有効打に乏しく判定はドローというところか。

次に弁護側の証人尋問が始まる。勝負になるのはアリバイ証言の攻防だ。呼ばれて三浦怜奈は証言台に向かう。

「弁護人からお聞きします」

天音は視線を一身に集め、舞台女優のように生き生きとしていた。

「事件があった日の、あなたの行動を教えてください」

「午後六時から八時前まで飲み屋に居ました」

深田と公園で会って別れるまでの経緯を話していく。これが事実と認められれば死亡推定時刻に静岡にいたことになり、文句なくアリバイが成立する。被告人席の深田も、二人のやり取りを祈るような目で見ていた。

「最後にもう一度、お尋ねします。その時、あなたが一緒にいた人物は誰ですか」

「被告人です」

三浦は深田を指差した。

「以上です」

天音は満足げに着席した。

ここまでは順調だが、問題なのは反対尋問だ。一ノ瀬は能面のように飄々《ひょうひょう》とした顔をしている。この後、どう切り込んでくるかがまだ見えない。

「検察官からもお聞きします」

一ノ瀬による反対尋問が始まった。

予想した通りの質問が多く、三浦は事前に打ち合わせしたように滞りなく答えていった。どこか弛緩《しかん》した空気が流れていく。

このまいけるかと思った瞬間、一ノ瀬が問いかけた。

「公園で被告人が話していた内容について教えてください」

「ええと、彼はすごく落ち込んでて、死にたいって言ってました」

ほう、と一ノ瀬は次の言葉を促す。

「俺は人を殺してしまった。もう生きていくことはできないって」

「なるほど。殺人を認め、反省していたということですね」

「はい、何であんなことをしてしまったんだろうって」

傍聴席が騒がしくなる。深田は過去に殺人を犯しているのだから、その言葉自体は何ら不自然ではない。だが聞いている側に誤解を植え付ける、そんなやり取りだった。

「証人が被告人に会ったのは、本当に夜の八時でしたか」

一ノ瀬に問われ、三浦はえっと小さく言った。

「そ、そう思いますけど」

自信なげな三浦に、嫌な予感がした。

「証人はその夜、コンビニでお酒を買っています。これを見てください」

一ノ瀬はスクリーンに画像を映し出す。それはコンビニのレジで酒を買う三浦の姿だった。表示されている日時は、事件のあった日の午後十一時二分だ。

「証人は先ほど、居酒屋から出た後、被告人に会ったと証言しましたね」

「はい」

「本当はその記憶は確かなものでなく、コンビニで酒を買って飲んだ後に彼と会ったのではありませんか」

「え……ああ」

三浦は目をぱちくりさせて考え込んだ。鷹野ははっとする。一ノ瀬の狙いはこれだったのか。横にいた天音も同じような顔だ。

「もう一度聞きます。被告人と会ったのは午後八時でしたか」

首をひねってから、しばらく間があった。

「……午後十一時だったかも」

ぽつりと漏れた言葉に、傍聴席がざわめく。

さっきのやり取りと合わせれば、見事に別のストーリーが浮かび上がる。工場で殺人を犯した深田は、バイクに乗って故郷の静岡へ逃げてきた。自暴自棄になって酔いつぶれていたときに三浦と出会った。

間髪を容《い》れず、一ノ瀬は繰り返した。

「午後八時ではなく、午後十一時だったということですね」

「はい。お店を出てから彼と会ったのは覚えているんです。だけど、居酒屋を出たときじゃなくてコンビニを出たときだった気がします。私も酔っぱらっていたから、勘違いしていました」

すみません、と三浦は謝った。

天音が目を見開いたまま、唇を嚙《か》みしめている。そんな中、三浦はけろりとした顔で言った。

「深田さんと会ったのは午後十一時過ぎでした。間違いありません」

「以上です」

一ノ瀬は静かに席に着く。

もう一度、天音は再主尋問で聞いていくが、三浦は一ノ瀬とのやり取りで証言した内容を繰り返すだけだ。こんなことになるとは……。状況は一気に検察側有利になってしまった。

鷹野は被告人席の深田を見る。

彼は瞬《まばた》きを忘れたように、深く沈んだ瞳《ひとみ》で三浦を睨《にら》みつけていた。

4

公判はそのまま、一方的な流れで終わった。

人ごみに紛れて出て行く女性を、天音が呼び止める。

「三浦さん」

一瞬びくっとしつつも、振り返ることなく歩くスピードが速まった。逃げようとしているのは明らかだが、天音はピンヒールの靴をものともしない走りで追いつく。

「ちょっと、待ってください！」

「離して」

「どういうことですか？　途中で証言を変えるなんて。時間を勘違いするほど酔っぱらっていたなんて聞いてないし、あんなに自信満々で言ってたじゃないですか」

三浦は髪をかき上げると、眉間《みけん》にしわを寄せた。

「何かおかしい？　あの検事さんとしゃべってたら、記憶が間違ってたかもって思ったんだもん」

「そんないい加減な……あなたの証言で深田さんの一生が左右されるんですよ」

「ああ、やだ。そういうの、重いんだよね」

「は？」

天音は目を吊《つ》り上げた。

「深田さん、あなたが親身になって話を聞いてくれたって、すごく感謝してたんですよ。裁判中に裏切るなんてひどいじゃないですか」

「裏切るとか、感謝とか勝手に言われても困るんですけど。私には関係ないし」

「あんたね、ちょっとは申し訳なく思ったらどうなの」

天音がつかみかかろうとするのを鷹野が止めに入る。

「もう、止めておけ」

「だって」

「邪魔よ」

天音を突き飛ばすと、三浦はタクシーに乗り込んで消えていった。

「何あの子？　信じられない」

そう言って首を横に振る天音に、鷹野はため息をついた。

「準備不足だったのは否めない。お前に任せた俺の責任だ」

「……違います。私が全部一人でやりたがったから。あの子を信用した私が悪いんです」

さすがの天音も落ち込んだ様子だった。

「結局は一ノ瀬が一枚上手だったということだ。あいつは三浦の性質を見抜いていた。うまく利用されてしまったな」

この事件に関心がなく、周りに言われたことに流されやすい、そんな三浦の曖昧さを突かれてしまった。深田と彼女が会った時刻は午後十一時過ぎだと証明されたわけではない。だが時間を勘違いするほど酔っぱらっていたのなら、証言の信ぴょう性自体が怪しくなる。

「あまり気を落とすな。まだ終わったわけじゃない」

「でも、怖いんです」

「ああ?」

天音は下を向いたまま答えた。

「深田さんのことですよ。すごい目で三浦さんのことを見てたじゃないですか。彼のこと、無実だって思って弁護していたけど、あれを見たら自信がなくなりそうで……」

確かに深田は三浦のことを睨んでいたが、彼女に対して怒りをもつのは当然だろう。

天音はかなり動揺しているようだ。

「あとは俺に任せてもいいんだぞ」

「いえ……弱音を吐くのはここまでにします」

よし、と天音は両頰を叩いた。

「これから深田さんの様子を見に行ってみます。鷹野先生も一緒に行きますか」

「いや、俺はいい。確かめたいことがあるんでな」

天音と別れ、鷹野はその足で東京駅へ向かう。

新幹線に乗り、静岡を目指した。

完全に不利な状況になったが、一ノ瀬と三浦のやり取りで気になることがあった。深田が死にたいと自棄《やけ》になっていた理由は、人を殺してしまったから。それを今現在の殺人の意味で一ノ瀬にまとめられてしまったが、本当は過去の事件を悔やんでのことだったはず。どうして今になってそこまで激しい感情に襲われたのだろう。公園で酔いつぶれる前は実家にいたのだと深田は語ったが、それは嘘ではないのか。

一つ思い当たることがある。

あの日、深田は被害者遺族のもとを訪ねていたのではないか。

白石美津男《みつお》。十八年前に一人息子の聖志を殺されている。深田は彼に謝罪文を何度も送っていたというが、その返事がきたことはないそうだ。江尻を通して連絡を取ると、今日にでも会ってもらえるとのことだった。

やがて新幹線は静岡に到着した。

バスに乗り換え、白石の自宅へと向かう。

閑静な住宅街に、その家はひっそりと建っていた。緑に覆われた平屋の家だ。

約束より早く着いてしまったので外で待とうかと思っていると、柴犬《しばいぬ》を連れた初老の男がやってきた。彼が白石美津男のようだ。

「はじめまして。弁護士の鷹野です」

「話は聞きました。中へどうぞ」

妻が病気で他界してから、一人暮らしだという。家の中は明るい感じで、綺麗《きれい》に片付いている。鷹野は仏間に通された。

遺影が二つ並んでいる。白石の妻と殺された息子のものだ。仏前に手を合わせる鷹野を見て、白石は顔を歪《ゆが》めた。

「聖志が何をしたっていうんだ？　警察に通報しただけじゃないか。友人のためを思って、これ以上、罪を重ねないようにって。それを逆恨みされて殺されるなんて、とんでもなく理不尽だろう」

返す言葉もなかった。白石は握りこぶしを震わせる。

「一つ、お聞きしたいことがあるんです」

白石は顔をこちらに向ける。

「深田龍太さんが最近になって逮捕されたのはご存じですか」

「ああ。知ってるも何も……その裁判、私も傍聴している」

静岡からわざわざ傍聴しに来ていたとは。鷹野はうなずいた。

「私は深田さんのアリバイを探しています。事件のあの日、彼はここに来たのではありませんか」

問いかけると、その目がかすかに鋭くなった。鷹野は彼を見つめる。考えるような間があって、白石の首はゆっくりと横に振られた。

「来てはいない」

断ち切るような一言だった。

「あんな奴にこの家の敷居を跨《また》がせるわけにはいかない」

「……そうですか」

希望の糸が断ち切られた感じがした。それでも他に手がないか深田の足取りを一から確かめていくしかないだろう。

礼を言って、鷹野は背を向ける。

「鷹野先生」

「はい」

「ここには来ていないが、あいつとは会った」

思わぬ告白に、鷹野は白石を見つめ返す。

「聖志が殺された事件現場でな。あいつは花を手向けて手を合わせていた」

「偶然、そこで出会われたんですね」

「そうだ」

なるほど、自分の息子を殺した相手を家に招き、直接の謝罪を受け入れる遺族などそうはいない。

「あいつがああするのは聖志に赦《ゆる》してほしいからだ。あくまで自分のため。それが私にはよくわかった」

白石は声を荒らげた。

「すみませんでしたと、いくら頭を下げられたところで赦せるわけがないだろう。手紙だって読まずに破り捨てている。私がしてほしいのはただ一つ、あの子の命を返して欲しいってことだけだ。私はあいつに怒鳴った。何でお前なんかが生きてるんだって」

深田からすれば絶望的だったかもしれないが、当然の感情だ。白石のその気持ちは痛いほどよくわかった。

「深田さんと会った時間を覚えていますか」

ああ、と白石はうなずく。

「十八年前にあの事件が起きた、ちょうどその時間だった」

午後七時半くらいということか。死亡推定時刻と重なりはしないが、ここから三十分で都内へ移動して事件を起こすのは不可能だ。白石は深く息を吐きだす。

「これでアリバイは成立するんだろう？」

「ええ」

「だが誤解しないでくれ。俺はあいつが真っ当な人間に更生したなんて信じちゃいない。いつまた人を殺してもおかしくはないと思っている。絶対に赦すものか」

白石は厳しいまなざしだった。

「よく話してくださいましたね」

「正直迷ったが、黙っているのも後味がよくないからな。それに私は弁護士に恩があるんだ」

「弁護士？」

「雨宮久美子さんのことだよ」

鷹野は瞬きする。

「私は初め、彼女を憎んでいた。あいつの味方をする弁護士など、敵も同然だと。だが彼女のおかげで、私は心のわだかまりを一つ解消することができたんだ」

弁護士が依頼主の代理で被害者遺族と関わることはある。だが感謝されているとは、一体どういうわけなのか。

「私は深田を恨む一方、どこかで聖志のことを疑う気持ちがあったんだよ。もしかすると純粋な被害者ではなく、あいつも深田と一緒になって悪事を働いていたんじゃないかって」

「深田の怒りの陰に、そういった事情があるのではと思ったんですね」

「ああ。でもそれは誤解だった。聖志に非はなかったことを、雨宮さんがはっきりと断言してくれた。彼女が裁判の後も辛抱強く深田と関わり続けたからこそ、あいつの口から聞き出すことができたんだ」

白石の言葉を聞きながら、鷹野は不思議な思いに包まれていた。

久美子の遺したリーガルパッドにすべてのことが記録されていたわけではない。自分の知らない久美子の姿が浮かび上がっていく。そこには彼女が生きた証《あかし》があるようだった。

礼を言って白石宅を出た。

久美子という存在がなければ、証言を得られるどころか白石と会うことさえ許されなかったかもしれない。久美子が導いてくれている気がして、鷹野は空を見上げた。

5

一人の老人が、公判の流れを一気に変えていった。

新たに申請された目撃証人、白石によって、深田のアリバイが主張された。彼は天音の質問に対し、息子が死んだ現場で深田と会ったことを証言していく。

「以上です」

どうだとばかりに天音は席に着く。

白石は一ノ瀬の反対尋問にも滞りなく答えていった。

アリバイ証言の証拠能力については十分だ。指紋を有罪の証拠とする主張よりも、白石の口から語られた言葉の方がはるかに説得力があった。

「これにて閉廷します」

公判は終わり、傍聴人たちがぞろぞろと帰っていく。深田も一礼して去っていった。

鷹野は白石に声をかける。

「白石さん、ありがとうございました。これで深田さんは……」

「勘違いしないでくれるか」

鋭い視線で遮られた。

「私は深田のために証言したんじゃない。あいつが変わったなんて思っちゃいないし、いずれまた悪事に手を染めて逮捕されるだろう。ただ今回はやってない。それを黙っているのが、気色悪かっただけに過ぎん」

去っていく白石の背に、鷹野は深く頭を下げる。息子を殺されたことへの感情と切り離して証言してくれた。いくら感謝してもしきれない。

帰り支度をする天音は興奮気味だった。

「これで勝てますよね」

「普通はな。だがまだ油断はできない。相手は一ノ瀬だ」

天音は不満げに唇を尖《とが》らせるが、すぐに目を瞬かせて真顔になる。視線は鷹野の後ろに向けられていた。

「鷹野先生」

声をかけてきたのは、その一ノ瀬だった。

「明日の公判で、無罪論告をします」

「なに？」

無罪論告は検察側が、自分たちの誤りを認めるというものだ。滅多にないことだが、公判中、被告人が犯人ではないと明らかになった際に行われる。

「一ノ瀬、何を考えている？」

「何も。深田の会社の同僚が、警察に自首したんです」

自首……思いもしないことだった。

「鷹野先生、あなたがその可能性を指摘したとおり、前科のある深田に罪をかぶせようとしたそうです。悪知恵の働く、ただの小悪党ですよ」こんなタイミングで信じられないが、どうやら本当のようだ。それではと言い残して、一ノ瀬は去っていく。その姿が消えたとき、天音は声を上げる。

「すごい。完全勝利だわ」

アリバイ立証に、真犯人の自首。怒濤《どとう》のような逆転勝利だ。無罪論告は検察にとっては屈辱だろう。一ノ瀬は強敵だが、逆に言えばそれだけ信頼のできる検事だ。この先、言葉を翻すことはあるまい。裁判は終わる。

「スラムダンクってわけにはいかなかったけど。鷹野先生、この朗報を早く深田さんに伝えてあげましょうよ」

「そうだな」

はしゃぐ天音とともに鷹野は法廷を出た。

接見室に現れた深田は、無表情だった。

「お疲れのところ、すみません」

鷹野と天音は会釈する。真犯人が自首したことを伝えると、深田は目を大きく開けた。

「検察側から無罪論告があります。検察も深田さんが無罪だと認めたということです。早期に釈放手続きが取られるでしょう」

鷹野の言葉に、深田は瞬きした。

「釈放、ですか」

「そうです。どうか安心してください」

微笑みかけるが、深田はそっけなくうなずくだけだ。まだ実感がわかないのだろうか。あるいは判決が出るまで油断しないと決めているのか。

天音が明るい調子で話しかける。

「それにしても深田さん、白石さんに会ったことを初めから言ってもらえたら、すぐにでもアリバイが見つかったのに。言いづらかったかもしれませんが、犯人にされてしまうところだったんですよ」

「…………」

「深田さん？」

何だろう、この表情は。突然のことに驚いているにしても、喜びが一切感じられない。深田の心を得体のしれないものが覆いつくしているようだ。

長い沈黙の後、ゆっくりと深田は口を開いた。

「俺はどうせ死刑になるんです」

「えっ。何を言っているんですか。間違いなく無罪ですよ」

「この事件ではね。でも……」

前置きしてから、深田は薄く笑う。

「俺はまた人を殺すからです」

ずんと響くような一言だった。言葉に詰まった天音に代わり、鷹野は問いかける。

「誰を殺すというんです」

こちらを見返すだけで、深田は答えない。無罪がはっきり見えた今、どうして人を殺すというのだ。同じ問いを重ねようとして、鷹野は口を閉ざす。

遮蔽板の向こうには、冷たいだけのまなざしがある。

その目はどこか別の世界の住人のようだ。この男が考えていることが全く見えない。

南野の顔がふっと浮かんだ。

いや、あいつとは違う。久美子と出会って深田は更生したのだ。彼女の誠意が彼を変えた。そうだろう。治療することはできるんだ。

「雨宮弁護士のことを、あなたは覚えていますね」

鷹野が語りかける。その名前を出した瞬間、深田の人差し指がかすかに動いた。そうだ、思い出せ。お前は昔とは変わったんだ。

「あなたは過去の過ちを悔い、白石さんに謝罪の手紙を書き続けた。出所後は真面目に働いていつか更生支援する側になりたいと語っていたんでしょう？　社長から聞きました」

鷹野は久美子のリーガルパッドを広げて見せた。彼女が深田のために尽力してきたこと、深田の苦悩、二人の思いが細かく記されている。

「せっかくここまできたんじゃありませんか」

今回の逮捕だって深田は無実だったのだ。人に罪を擦り付けられそうになっただけで、彼自身に非はない。

深田はリーガルパッドを見つめていたが、やがてどこか悲しそうに微笑んだ。

「雨宮先生、ね。いい人でしたよ。俺なんかを必死で救おうとしてくれた。でも俺は今もよくわからないんです。更生に意味があるのかって」

言葉は続いた。

「俺みたいなのがいくら反省して変わろうとしても、被害者やその遺族は救われないんでしょう？　結局、死んで詫《わ》びるしかないってことですよね」

「……深田さん」

「最近よく思い出すんです、女神の右手のことを」

「女神の右手？」

「昔、雨宮先生から聞いたんです。正義の神は、テミスっていう女神なんですよね」

剣なき秤《はかり》は無力。秤なき剣は暴力。そのバランスの上で正義は成り立っている。法曹で知らない者はいない。

「お二人に質問です。女神が左手に持っているのは？」

「天秤でしょう」

戸惑いながら天音が答えた。

「じゃあ、女神の右手に握られているのは？」

「剣、です」

鷹野が答えると、深田は大きく首を横に振った。

「雨宮先生はこう言っていましたよ。女神の右手にあるのは剣じゃなくメスだって」

思いもしない答えだった。

「一人の医者に出会って、そう思うようになったそうです」

剣でなくメス。そんなことを久美子が言っていたのか。鷹野は口を半開きにしたまま、固まっていた。

「でも治療できない犯罪者がいたら、どうしたらいいんでしょうね」

「治療できない犯罪者など……」

言いかけて、その先が途切れた。あの男が頭に浮かび、即座に否定できなかったことを鷹野は後悔する。

深田は目を閉じ、外側の全てを遮断していた。

「どういうことですか、深田さん」

天音が必死に呼びかけている。

「聞いてますか、深田さ……」

鷹野は天音の前に手をかざして遮った。無駄だ。いくら呼びかけても彼に届くことはない。

「また来ます」

頭を下げると、天音を連れて接見室を出た。

有無を言わさず外へ引っ張ってきたので、天音は我慢できないように口を開く。

「鷹野先生。あのままにしたら深田さん、まずいです」

「わかっている」

「それならどうして」

天音は動揺して震えが止まらないようだ。

「このまま彼を自由の身にしてしまっていいんでしょうか。また人を殺すだなんて、三浦怜奈が真っ先に危ないんじゃないですか」

「三浦怜奈？」

天音の唇が青ざめている。

「三浦怜奈のアリバイ証言が覆った日から、彼の様子がおかしいと思っていたんです。深田さんはもう無罪判決なんてどうでもよくて、三浦への恨みで頭がいっぱいになっているのかもしれない。彼女の身が危ないです」

確かにあの裏切りはショックだったろう。絶望して自暴自棄になった人間は何をしでかすかわからない。ただ一つ異を唱えるとすれば、抑えきれなくなった感情は特定の人物に殺意として向くとは限らない。その怒りを無差別にぶつけることもある。

自分に言い聞かせるように言うと、鷹野は天音と別れた。

「考えすぎだ」

「すみません、でも……」

「少し冷静になれ」


事務所へは帰らず、江尻の入院している大学病院へ向かった。

あの人の意見が聞きたかった。案内図で病棟を確認して、エレベーターで上がる。

病室には一人の老人が横たわっていた。

「江尻先生」

「ああ、鷹野先生。娘がお世話になってます」

来てすぐに仕事のことなんてと思ったが、江尻の方から話を切り出された。

「天音からだいたい聞いています。鷹野先生にお任せして本当によかった。私ではここまでできたかどうか自信がない」

「いえ」

聞いた話の繰り返しになるだろうが、これまでの経緯を説明していった。江尻は目を閉じながら、静かに耳を傾けている。

「先生は深田さんのことをどう思われますか」

「どうとは？」

「今回は無実です。だがこの先、彼はまた殺人を犯すかもしれない。実はさっきの接見で言っていたんです。俺はまた人を殺すと。どう思いますか」

はっきり口にすると、江尻は少し間を空けて答えた。

「私にはわかりません。ただ、久美子ちゃんが彼のために一生懸命やっていたから、更生を信じたいと思うだけです」

深田の弁護人を代わってほしいと頼まれたときも、同じようなことを言っていた気がする。江尻はにっこり微笑んだ。

「昔のことだけど、深田くんはご遺族への謝罪文を絶対に書こうとしなかったんです。彼はかたくなだった」

遺族への配慮でもあるが、少しでも改悛《かいしゅん》の状を見せることで刑罰を軽くする狙いがある。だが深田は他人のことなんて全く関心がなく、この先どうなろうが知ったことかという感じだったという。

「久美子ちゃんは判決が出てからも地道によくやってましたよ。大切にされたことのない人は、他の人を大切に思うことができない。そう言って、深田くんとの対話を続けていた。出所後の社会復帰を目指し、受け皿となる環境を整え、弁護士として何ができるだろうかと悩みながらも取り組んでいた」

鷹野は黙って、江尻の話を聞き続けた。

「彼女の真っすぐな心が通じたんでしょうね。あんなに荒れていた深田くんが変わっていったんだ、本当に少しずつだけども……。その小さな変化を見つけては、久美子ちゃんは事務所で大喜びしていたんだよ」

はしゃいで江尻に報告する姿が目に浮かぶようだった。

「やがて深田くんは被害者遺族に宛てて謝罪の手紙を書き始めたんです。鷹野先生、そのきっかけが何だったかわかりますか」

「もしかして……」

「ええ。久美子ちゃんの死です」

深田は相当な落ち込みようだったという。自分の犯した罪の重さや、大切な人の命を奪われる悲しみがようやくわかったと話していたそうだ。

「間違いを犯すかどうかなんて誰にもわからない。そんなの誰にだって言えることでしょう。久美子ちゃんが生きていても、きっと同じことを言うでしょう」

江尻は優しげな声で言った。

「横にならせてもらうよ」

そう言ってゆっくりとベッドに横たわる。療養中に無理をさせてしまったようだ。

頭を下げると、鷹野は静かに病室を出た。

6

そのまま師団坂ビルへ足を向けた。

抱え込んだ荷物はあまりにも重く、足に枷《かせ》がつけられているように進んでいかない。

また人を殺すのだと、深田は言った。

今すぐ人を殺すということなのか、人を殺す将来を予感してのことなのか。判断はつかない。だがまるで何かのスイッチが入ってしまっている。無実で釈放された後、それを止めることはできないのか。

ルーム1に入ると、芽依が心配そうに待っていた。

「江尻天音さんから連絡があったんです。鷹野先生に電話しても通じないから、事務所に戻ってきたら引き留めておいてほしいって」

梅津、桐生、杉村たちも集まってきた。

「深田の件、逆転勝利と思ったが何かあるのか」

「カンファレンスルームの鍵は開けてあります」

「とっとと始めましょう」

忙しくて他のことを考える余裕などないだろうに、どうやらみんなして待っていたようだ。

鷹野は大きく息を吐き出し、わかったという。

こんな会議は初めてだ。

部屋へ移動し、彼らと円卓を囲む。聞かせることにはためらいがあった。万が一が起きたとき、彼らにも罪悪感を植え付けかねない。これまでの様子を伝えると、さすがに誰もが黙り込んだ。

「やれやれ、そりゃ物騒な話だな」

明るい調子で、梅津が沈黙を破る。

「だが釈放された後も、弁護士が一生責任もつって法はないだろう。そんなことまで知らねえよってのが正直なところだ」

梅津らしい、飾らない意見だった。

「ですよね」

杉村が同調するように続けた。

「凶悪犯が釈放されると弁護士は責任とれるのかって、そういう意見も世間にはあるじゃないですか。でもそんなのはお門違いっていうか」

桐生もうなずく。

「更生支援や再犯防止は考慮すべきですが、弁護士にできることは限られている。このまま関係機関に引継ぐしかないでしょう」

彼らの言うことはもっともだ。黙って話を聞いていた芽依が、不安そうに口を開く。

「でも天音さんの言葉が気になります。深田さんが三浦さんのことを信頼していただけに、彼女に復讐《ふくしゅう》するんじゃないかっていう発想は自然だと思うんです。絶望と自暴自棄が、たまたま一つの対象に向かう事件ってありますよね。深田さんが人を殺すって言っていることを、警察に言うか、せめて一ノ瀬検事に話した方が……」

「それって守秘義務違反じゃん」

杉村が遮った。だが芽依はすぐに反論する。

「弁護士法第二十三条には但し書きがありますよ。法律に別段の定めがある場合は、この限りでない、と。具体的には将来の重大な犯罪計画が明かされた場合は守秘義務が課されないって。殺人が起きる可能性があるのに、それを放っておいてまで守秘する義務などないんです」

「だがよ、絶対に人を殺すと決まったわけじゃないぞ」

梅津が両手を大きく広げた。桐生がうなずく。

「その但し書きは、時限爆弾を仕掛けて何時に爆発させるとか、計画がもっと具体的で現実的な場合でしょう。深田さんのケースはそれに該当しません」

「でも人を殺したことがある人間の言葉ですよ。やっぱり何かあってからでは遅いです。三浦さんには十分気をつけてもらいたいです」

芽依の言葉を最後に、全員が沈黙する。

心の中のわだかまりを、それぞれが代弁してくれているようだった。結論が出るとは期待していなかったが、一緒に悩もうとしてくれる彼らの存在自体を嬉しく思う。

「ありがとう。後は自分で考えさせてくれ」

そこで会議は終わった。

シニア・パートナールームに戻った鷹野は、椅子に深くもたれていた。

両手を頭の後ろで組んで、天井を見つめる。

深田は近く、放免される。

その後、彼はどうなるか。すぐに誰かを殺すつもりなのか、無差別に人を襲うのか。

それとも全てが杞憂《きゆう》に終わり、元の平穏な生活へ戻っていくのか。

鷹野は天井に向けて大きく右手を伸ばす。

「女神の右手、か」

テミスが握りしめているのは、剣でなくメス。犯罪を生み出す心の闇、その奥深さ……

……それを弁護士として治療するとはどういうことなんだろう。

「鷹野先生」

ノックする音に振り向くと、天音が立っていた。

「深田はきっと、三浦怜奈さんを殺します」

断言する彼女を、鷹野は見つめる。

「父の考えは甘いんです。雨宮先生も」

そういえば前にも天音は久美子について言及していた。

「久美子のこと、よく知っているのか」

ゆっくりとうなずいてから、天音は口を開いた。

「私が弁護士になりたいと思ったのは、雨宮久美子さんに憧《あこが》れたからです。でも、どうしてなんですか？　あんなに頑張ってたのに、どうして最後は殺されなきゃいけなかったんですか」

天音は目を充血させていた。

「………」

「鷹野先生、あなたのことだってよくわからない。南野のことをよく弁護しますよね。殺してやりたいほど憎いはずなのに」

父親に聞いたのだろう。敵愾心《てきがいしん》を感じたのは、こういう理由だったのか。

「更生だ、治療的司法だと言っても、裏切られることの方がずっと多い。結局のところ、暴力の前には無力なんです。治療できない犯罪者は切り捨てるしかない」

治療できない犯罪者……か。それは深田も言っていた言葉だ。

「警察に言うべきじゃないですか。三浦さんが証言を覆した日から、明らかにあの人は変わった。いえ、本性を隠し切れなくなったんです」

鷹野は口を閉ざしたままだった。

だがそれは天音の言葉に圧倒されたからではない。ある閃《ひらめ》きが、突風のように横切ったからだ。

「聞いてますか、鷹野先生」

「そういえば三浦さんが証言した公判の後、すぐに接見に行っていたな？」

質問に質問で返すと、天音はうなずく。

「え、あ、はい」

「その時に何を話したか、教えて欲しい」

戸惑いつつも天音はリーガルパッドを見返し、言いにくそうに話してくれた。やはり、そうか。いや……何度も打ち消したい衝動に駆られるが、閃光《せんこう》にすべてが飲み込まれていく。

「今から接見に行く」

「えっ、待ってください」

天音は転びそうになりながら追いかけてくる。

行くしかない。もう一度だけ、深田のところへ。


タクシーの後部座席で、鷹野はじっと前を見つめていた。

「鷹野先生、深田さんに会ってどうする気ですか」

天音の問いかけも、どこか遠くから聞こえている。

深田になりきって、あいつの言動をすべて合理的に検証してみる。過去に起こした事件、久美子と目指した更生と社会復帰、白石に怒鳴られたときの絶望、そしてこの公判……すべてを踏まえると、一つの答えが導き出される。

やはり、あいつは人を殺す気だ。

無罪論告があるなら、早期に釈放されるだろう。そうなってからでは遅い。だが今ならまだ間に合う……。

拘置所に着いたのは、午後八時前だった。

接見の手続きをするために受付へ向かうが、人がいない。それだけでなく、どこか場の空気がおかしかった。階段を駆け下りてきた刑務官に声を掛ける。

「どうしたんです？」

「それが、あの……」

答えを聞く間もなく、叫び声が聞こえた。

「なに？　あの悲鳴」

天音の顔が青ざめた。

この様子、ただ事ではない。数人の叫び声と怒号が入り交じっている。刑務官とともに向かうと、廊下の先に人だかりがあった。房では拘置された人たちが、何があったのかと騒いでいる。

「何でもない。静かにしろ！」

刑務官が強い口調で叫んでいる。床にはバケツをひっくり返したように真っ赤な血が広がっていた。

まさか、遅かったのか。

嫌な予感を押さえながら駆け寄る。

そこには刑務官数人に囲まれて、一人の男が背を向けて突っ立っていた。

「……深田さん」

ゆっくり振り返ると、その顔や衣服には血がついていた。手には尖らせた針金のようなものが握られている。深田は薄く笑うとそれを手放し、両腕を上にあげた。刑務官たちが飛びかかり、深田は床にねじ伏せられた。

血だまりの中に倒れている受刑者と、救助しようとしている刑務官がいた。だが、ガタガタと震えるばかりで何もできずにいる。

「代わってくれ」

鷹野は刑務官を押しのけるようにして、倒れている男の体に触れた。これ以上の出血を止めるよう、強く圧迫する。

倒れた男の顔を見て、天音は悲鳴を上げた。

「そんな、嘘でしょ」

一歩遅かったようだ。

横たわっていたのは、南野一翔だった。

迷いなど一ミリもなく、手は勝手に動く。

助かるか、わからない。ただやめてしまえば、この命はここで絶たれる。

南野の命を繋ぎとめようと必死になっている自分を、どこか遠くから見つめている、もう一人の自分がいた。

久美子よ、俺はようやくわかった。

心の迷いなど関係ない。

俺が右手に握り締めているのは、剣ではなくメスなんだ。

7

鷹野は一人、接見の手続きをした。

「どうぞ、こちらへ」

案内されて廊下を進む。

あれから深田は殺人未遂の現行犯で逮捕された。無罪判決が出る直前、収監者が拘置所で起こした事件は世間の注目を集めていた。

現行犯であるし、逃れられはしない。しかも殺人未遂の容疑は近いうちに殺人罪になるかもしれない。南野一翔は鷹野の救急処置もあって一時的に持ち直したが、昏睡《こんすい》状態に入ったという。もし南野が死んだなら、深田は死刑になるかもしれない。こんなこと、あっていいのだろうか。

遮蔽板の向こうに、その男はいた。

「深田さん」

悲しそうなまなざしが、こちらを捉えた。

「鷹野先生、申し訳ありません。せっかく無罪になるところだったのに」

そう言ってから、深田は頭を下げた。

「情けない話ですよ。あいつに因縁をつけられたんでカッとなったんです。結局、俺はこんな人間なんですよ。せっかく弁護していただいても何も変わりやしない」

「深田さん、嘘はもうやめましょう」

わかっているんだ。

「あなたが南野を殺そうとした理由は、雨宮弁護士の復讐でしょう」

深田はじろりとこちらを見る。

「他人のことなんてまるで気に留めなかったあなたが南野に復讐心をもった。それは雨宮弁護士を大切に思う心の裏返しです」

鷹野は祈りを込めるように訴えかけた。

「治療できない犯罪者。あなたがそう言ったのは南野のことだったんですね」

「…………」

「気づいたきっかけは、その言葉でした」

南野が久美子を殺した犯人だと知るものは少ない。

「三浦さんが証言を翻したあの日、それをきっかけにあなたが変わったように見えました。でも本当は、そのすぐ後の接見から変わったんですよね」

その時のことを天音に確認した。久美子が更生を目指して努力してきたことを思い出させようとしたのだが、口を滑らせて南野のことを話してしまったという。

南野とは偶然、同じ拘置所にいる。それが深田の心に殺意の火をつけた。実行するには、釈放される前の今しかないと。

「深田さん、殺意をもった動機を正直に話してください。恨みによる殺人未遂でも、あなたがやったことは昔とは違うんです」

量刑に大きく影響するだろう。だが深田は口を閉ざしたままだった。

「嘘をついているのは、我々に迷惑をかけてしまうからでしょう？　でも俺は構わない。どうかあなた自身のために打ち明けてください。あなたを弁護したいんです」

「鷹野先生」

深田はへらへらと笑っていた。

だがその笑みは引きつっている。深田の目が潤み、涙がこぼれそうだった。だが天井をしばらく見つめた後に、深田はゆっくりとこちらを見た。

「俺があいつを刺したのは、単純にむかついたからです」

その顔には覚悟がにじんでいる。鷹野の言葉に揺れながらも、ぎりぎりのところで踏みとどまった。そんな感じだ。

深田は目を閉じる。

こちらが話しかけても、何も言わない。ただ虚《むな》しく時間だけが流れていった。

鷹野はそれ以上どうすることもできず、接見室を出た。

大きくため息をつく。

これでいいのか？

もし南野が死ねば、深田は殺人犯だ。本当の動機を語らなければ、待っている刑罰は死刑か無期懲役だ。刑罰を軽くすることを望まず、甘んじて受けるつもりなのだろう。それは彼が変わったが故の選択なのかもしれない。その変化を更生と名付けるかどうかはともかく、以前の深田からは想像もできないことだ。

「鷹野さん」

警察署の入口に人影がある。

芽依だった。どういうわけか慌ててここまで来たようだ。

少しためらうように、その唇が静かに開かれた。

「南野が一命をとりとめたようです」

「そうか」

鷹野は応《こた》える。

深田を再び殺人犯にせずに済んだことに、俺は今、心の底から安堵《あんど》している。だが、それだけじゃない。このあふれる思いは何だろう。

「どうかしましたか」

芽依の問いかけに、鷹野は下を向く。

「どうやら俺には果たせそうもない。一生かけて治療してみせると言ったのにな」

「え？」

「南野が回復したところで、俺はもう弁護人ではなくなった。できるのは、当てもなくあいつの心の扉をたたき続けることくらいだ」

「それでいいんじゃないですか」

はっとして顔を上げる。

「南野を治療できなくても、鷹野さんの心は救われていくのかもしれませんよ」

芽依の瞳は優しかった。

南野ではなく、俺が治療されていく？

そうか。愛する人を失い、俺はずっと苦しんできた。その苦しみは永遠に変わらないと思ってきた。だがそうじゃない……。

いつの間にか、久美子が側にいて微笑んでいる。そんな気がした。

「ああ、それと鷹野さん、接見の時間ですよ。南野のこと、深田さんには伝えておきますから急いでください」

そういえば別の予定が入っていた。

それにしても不思議だ。こんなに心が穏やかなのはいつぶりだろう。

俺は弁護士として人を治療する。

正義がどこにあるのかはわからない。だがきっと正義らしきものは、久美子が目指したその先にある。俺はもう揺らぎはしない。

行こう。クライアントが待っている。

本書は書き下ろしです。

正義《せいぎ》の天秤《てんびん》
毒樹《どくじゅ》の果実《かじつ》
大門《だいもん》剛明《たけあき》

令和5年 2月25日 初版発行
令和5年 4月30日 3版発行

発行者●山下直久

発行●株式会社KADOKAWA
〒102-8177 東京都千代田区富士見2-13-3
電話 0570-002-301（ナビダイヤル）

角川文庫 23541

印刷所●株式会社暁印刷
製本所●本間製本株式会社

表紙画●和田三造

●お問い合わせ
https://www.kadokawa.co.jp/（「お問い合わせ」へお進みください）
※内容によっては、お答えできない場合があります。
※サポートは日本国内のみとさせていただきます。
※Japanese text only

ISBN 978-4-04-113111-4 C0193

◇◇◇

角川文庫発刊に際して

角川源義

第二次世界大戦の敗北は、軍事力の敗北であった以上に、私たちの若い文化力の敗退であった。私たちの文化が戦争に対して如何に無力であり、単なるあだ花に過ぎなかったかを、私たちは身を以て体験し痛感した。西洋近代文化の摂取にとって、明治以後八十年の歳月は決して短かすぎたとは言えない。にもかかわらず、近代文化の伝統を確立し、自由な批判と柔軟な良識に富む文化層として自らを形成することに私たちは失敗して来た。そしてこれは、各層への文化の普及滲透を任務とする出版人の責任でもあった。

一九四五年以来、私たちは再び振出しに戻り、第一歩から踏み出すことを余儀なくされた。これは大きな不幸ではあるが、反面、これまでの混沌・未熟・歪曲の中にあった我が国の文化に秩序と確たる基礎を齎らすためには絶好の機会でもある。角川書店は、このような祖国の文化的危機にあたり、微力をも顧みず再建の礎石たるべき抱負と決意とをもって出発したが、ここに創立以来の念願を果すべく角川文庫を発刊する。これまで刊行されたあらゆる全集叢書文庫類の長所と短所とを検討し、古今東西の不朽の典籍を、良心的編集のもとに、廉価に、そして書架にふさわしい美本として、多くのひとびとに提供しようとする。しかし私たちは徒らに百科全書的な知識のジレッタントを作ることを目的とせず、あくまで祖国の文化に秩序と再建への道を示し、この文庫を角川書店の栄ある事業として、今後永久に継続発展せしめ、学芸と教養との殿堂として大成せんことを期したい。多くの読書子の愛情ある忠言と支持とによって、この希望と抱負とを完遂せしめられんことを願う。

一九四九年五月三日